少年百部 100

SHAONIAN BAIBU

— 小学语文 —

核心素养书系

课本拓展精读

BAI'E

白鹅

丰子恺 著

长江出版传媒
长江少年儿童出版社

图书在版编目(CIP)数据

白鹅 / 丰子恺著. —武汉:长江少年儿童出版社,2024.1
(小学语文核心素养书系:课本拓展精读)
ISBN 978-7-5721-4612-1

Ⅰ.①白… Ⅱ.①丰… Ⅲ.①散文集-中国-现代 Ⅳ.①I266

中国国家版本馆CIP数据核字(2023)第237296号

小学语文核心素养书系:课本拓展精读
XIAOXUE YUWEN HEXIN SUYANG SHUXI: KEBEN TUOZHAN JINGDU

白鹅
BAI'E

出 品 人:何　龙
策　　划:蓝　欣
执行策划:梁　崴
责任编辑:雷棠铄
整体设计:洋溢文化
责任校对:莫大伟
责任印刷:邱　刚　雷　恒
出版发行:长江少年儿童出版社(集团)有限公司
业务电话:(027)87679199
承 印 厂:武汉鑫佳捷印务有限公司
经　　销:新华书店湖北发行所
开　　本:720 毫米 × 970 毫米 1/16
印　　张:7
字　　数:46.8 千字
版　　次:2024 年 1 月第 1 版
印　　次:2024 年 1 月第 1 次印刷
书　　号:ISBN 978-7-5721-4612-1
定　　价:19.80 元

导读

《小学语文核心素养书系：课本拓展精读》是一套专门为小学生设计的语文课外阅读丛书，内容精选小学语文课本中作家的经典作品，旨在帮助孩子更好地理解和欣赏名家名作，全面提升孩子的阅读和写作能力，为语文学习打下坚实的基础，让孩子爱上阅读。

本丛书以小学语文课本中的课文为“向导”，每个作品都是课本入选作家的名篇名作，从一篇课文延伸至一本书，包括童话、小说、散文、诗歌等多种体裁，带领读者领略不同作者独特的创作风格和思想内涵，学习丰富的写作技巧和文学知识。

我们还邀请了国内著名插画师，根据书中情节绘制多幅精美插图，给孩子带来高品质的视觉享受。

让我们一起走进精彩的语文世界，感受文字的魅力，探索知识的海洋吧！

名师推荐

语文是小学生学习的基础，也是表达思想和交流感情的重要工具。孩子通过阅读学习优秀的文学作品，可以拓宽视野，提高语言表达能力，培养良好的审美情趣。

《小学语文核心素养书系：课本拓展精读》是小学语文课本入选作家的作品集，体裁多样，内容丰富。通过阅读这些作品，孩子可以感受不同文体和风格的魅力，培养对文字的感知能力和表达能力。

这套书系的独特之处在于选篇与课本的关联性和延伸性。每本书都来自小学语文课本中的作者，孩子可以更好地理解作者的创作背景和文化背景，加深对作品的理解和欣赏。同时，这套书也提供了与课文相关的拓展阅读，帮助孩子进一步扩大知识面，培养阅读兴趣。

孩子通过阅读不同名家的经典作品，拓宽自己的思维边界，培养自主阅读和独立思考的能力，为今后更高阶段的语文学习打下坚实的基础。同时，这些优秀的作品也能够激发孩子的情感共鸣，引导他们审视自己的内心世界。

祝愿每一个孩子在阅读《小学语文核心素养书系：课本拓展精读》这套书时，都能感受到语文的乐趣和力量，收获智慧和快乐。

目录

白鹅①

抗战胜利后八个月零十天，我卖脱了三年前在重庆沙坪坝庙湾地方自建的小屋，迁居城中去等候归舟。

除了托庇三年的情感以外，我对这小屋实在毫无留恋。因为这屋太简陋了，这环境太荒凉了；我去屋如弃敝屣。倒是屋里养的一只白鹅，使我恋恋不忘。

这白鹅，是一位将要远行的朋友送给我的。这朋友住在北碚，特地从北碚把这鹅带到重庆来送给我。我亲自抱了这雪白的大鸟回家，放在院子内。它伸长了头颈，左顾右盼，我一看这姿态，想道："好一个高傲的动物！"凡动物，头是最主要部分。这部分的形状，最能表明动物的性格。例如狮子、老虎，头都是大的，表示其力强。麒麟、骆驼，头都是高的，表示其高超。狼、狐、狗等，头都是尖的，表示其刁奸

① 原篇名为《沙坪小屋的鹅》。

猥鄙。猪猡、乌龟等，头都是缩的，表示其冥顽愚蠢。鹅的头在比例上比骆驼更高，与麒麟相似，正是高超的性格的表示。而在它的叫声、步态、吃相中，更表示出一种傲慢之气。

鹅的叫声，与鸭的叫声大体相似，都是“轧轧”然的。但音调上大不相同。鸭的“轧轧”，其音调琐碎而愉快，有小心翼翼的意味；鹅的“轧轧”，其音调严肃郑重，有似厉声呵斥。它的旧主人告诉我：养鹅等于养狗，它也能看守门户。后来我看到果然：凡有生客进来，鹅必然厉声叫嚣；甚至篱笆外有人走路，也要它引吭大叫，其叫声的严厉，不亚于狗的狂吠。狗的狂吠，是专对生客或宵小用的；见了主人，狗会摇头摆尾，呜呜地乞怜。鹅则对无论何人，都是厉声呵斥；要求饲食时的叫声，也好像大爷嫌饭迟而怒骂小使一样。

鹅的步态，更是傲慢了。这在大体上也与鸭相似。但鸭的步调急速，有局促不安之相。鹅的步调从容，大模大样的，颇像平剧（京剧）里的净角出场。这正是它的傲慢的性格的表现。我们走近鸡或鸭，这鸡或鸭一定让步逃走。这是表示对人惧怕。所以我们要捉住鸡或鸭，颇不容易。那鹅就不然：它傲然地站着，看见人走来简直不让；有时非但不让，竟伸过颈子来咬你一口。这表示它不怕人，看不起人。但这傲慢终归是狂妄的。我们一伸手，就可一把抓住它的项颈，而任意处置它。家畜之中，最傲人的无过于鹅。同时最容易捉住的也无过于鹅。

鹅的吃饭，常常使我们发笑。我们的鹅是吃冷饭的，一日三餐。它需要三样东西下饭：一样是水，一样是泥，一样是草。先吃一口冷饭，次吃一口水，然后再到某地方去吃一口泥及草。这地方是它自己选定的，选的目标，我们做人的无法知道。大约泥和草也有各种滋味，它是依着它的胃口而选定的。这食料并不奢侈；但它的吃法，三眼一板，丝毫不苟。譬如吃了一口饭，倘水盆偶然放在远处，它一定从容不迫地踏大步走上前去，饮水一口，再踏大步走到一定的地方去吃泥，吃草。吃过泥和草再回来吃饭。这样从容不迫地吃饭，必须有一个人在旁侍候，像饭馆里的侍者一样。因为附近的狗，都知道我们这位鹅老爷的脾

气，每逢它吃饭的时候，狗就躲在篱边窥伺。等它吃过一口饭，踱着方步去吃水、吃泥、吃草的当儿，狗就敏捷地跑上来，努力地吃它的饭。没有吃完，鹅老爷偶然早归，伸颈去咬狗，并且厉声叫骂，狗立刻逃往篱边，蹲着静候；看它再吃了一口饭，再走开去吃水、吃草、吃泥的时候，狗又敏捷地跑上来，这回就把它的饭吃完，扬长而去了。等到鹅再来吃饭的时候，饭罐已经空空如也。鹅便昂首大叫，似乎责备人们供养不周。这时我们便替它添饭，并且站着侍候。因为邻近狗很多，一狗方去，一狗又来蹲着窥伺了。邻近的鸡也很多，也常蹑手蹑脚地来偷鹅的饭吃。我们不胜其烦，以后便将饭罐和水盆放在一起，免得它走远去，让鸡、狗偷饭吃。然而它所必须的盛馔泥和草，所在的地方远近无定。为了找这盛馔，它仍是要走远去的。因此鹅的吃饭，非有一人侍候不可。真是架子十足的！

鹅，不拘它如何高傲，我们始终要养它，直到房子卖脱为止。因为它对我们，物质上和精神上都有贡献，使主母和主人都欢喜它。物质上的贡献，是生蛋。它每天或隔天生一个蛋，篱边特设一堆稻草，鹅蹲伏在稻草中了，便是要生蛋了。家里的小孩子更兴奋，站在它旁边等候。它分娩毕，就起身，大踏步走进屋里去，大声叫开饭。这时候孩子们把蛋热热地捡起，藏在背后拿进屋子来，说是怕鹅看见了要生气。鹅蛋真是大，有鸡蛋的四倍呢！主母的蛋篓子内积得多了，就拿来制盐蛋，炖一个盐鹅蛋，一家人吃不了的！工友上街买菜回来说："今天菜市上有卖鹅蛋的，要四百元一个，我们的鹅每天挣四百元，一个月挣一万二，比我们做工还好呢。哈哈哈哈。"大家陪他"哈哈哈哈"。望望那鹅，它正吃饱了饭，昂胸凸肚地，在院子里踱方步，看野景，似乎更加神气活现了。但我觉得，比吃鹅蛋更好的，还是它的精神的贡献。因为我们这屋实在太简陋，环境实在太荒凉，生活实在太岑寂了。赖有这一只白鹅，点缀庭院，增加生气，慰我寂寞。

且说我这屋子，真是简陋极了：篱笆之内，地皮二十方丈，屋所占的只六方丈，其余算是庭院。这六方丈上，建着三间"抗建式"平屋，每间前后划分为二室，共得六室，每室平均一方丈。中央一间，前室特别大些，约有一方丈半弱，算是食堂兼客堂；后室就只有半方丈强，比公共汽车还小，作为家人的卧室。西边一间，平均划分为二，算是厨房及工友室。东边一间，也平均划分为二，后室也是家人的卧室，前室便是我的书房兼卧房。三年以来，我坐卧写作，都在这一方丈内。归熙甫《项脊轩志》中说：“室仅方丈，可容一人居。”又说：“雨泽下注，每移案，顾视无可置者。”我只有想起这些话的时候，感觉得自己满足。我的屋虽不上漏，可是墙是竹制的，单薄得很。夏天九点钟以后，东墙上炙手可热，室内好比开放了热水汀。这时候反教人希望警报，可到六七丈深的地下室去凉快一下呢。

竹篱之内的院子，薄薄的泥层下面尽是岩石，只能种些番茄、蚕豆、芭蕉之类，却不能种树木。竹篱之外，坡岩起伏，尽是荒郊。因此这小屋赤裸裸的，孤零零的，毫无依蔽；远远望来，正像一个亭子。我长年坐守其中，就好比一个亭长。这地点离街约有里许，小径迂回，不易寻找，来客极稀。杜诗“幽栖地僻经过少”一句，这屋可以受之无愧。风雨之日，泥泞载途，狗也懒得走过，环境荒凉更甚。这些日子的岑寂的滋味，至今回想还觉得可怕。

自从这小屋落成之后，我就辞绝了教职，恢复了战前的闲居生活。我对外间绝少往来，每日只是读书作画，饮酒闲谈而已。我的时间全部是我自己的。这是我的性格的要求，这在我是认为幸福的。然而这幸福必需两个条件：在太平时，在都会里。如今在抗战期，在荒村里，这幸福就伴着一种苦闷——岑寂。为避免这苦闷，我便在读书、作画之余，在院子里种豆，种菜，养鸽，养鹅。而鹅给我的印象最深。因为它有那么庞大的身体，那么雪白的颜色，那么雄壮的叫声，那么轩昂的态度，那么高傲的脾气，和那么可笑的行为。在这荒凉岑寂的环境中，这鹅竟成了一个焦点。凄风苦雨之日，手酸意倦之时，推窗一望，死气沉沉；唯有这伟大的雪白的东西，高擎着琥珀色的喙，在雨中昂然独步，好像一个武装的守卫，使得这小屋有了保障，这院子有了主宰，这环境有了生气。

我的小屋易主的前几天，我把这鹅送给住在小龙坎的朋友人家。送出之后的几天内，颇有异样的感觉。这感觉与诀别一个人的时候所发生的感觉完全相同，不过分量较为轻微而已。原来一切众生，本是同根，凡属血气，皆有共感。所以这禽鸟比这房屋更是牵惹人情，更能使人留恋。现在我写这篇短文，就好比为一个永诀的朋友立传，写照。

这鹅的旧主人姓夏名宗禹，现在与我邻居着。

竹影

这一天我很不快活，又很快活。所不快活的，这是五卅国耻纪念，说起“五卅”这两个字，一副凶恶的脸孔和一堆鲜红的血立刻出现在我的脑际，不快之念随之而生。所快活的，这是星期六，晚饭后可以任意游乐，没有明天的功课催我就寝。况且早上我听见弟弟和华明打过“电报”：弟弟对他说“今——放——后，你——我——玩”，华明回答他说“放——后——行，吃——夜——后，我——你——玩”。他们常用这种的简略话当作暗号，称之为“打电报”，但我一听就懂得他们的意思：弟弟对他说的是“今天放学后，你到我家玩”，华明回答的是“放学后不行，吃过夜饭后，我到你家玩”。华明本来是很会闹架儿的一个人。近来不知怎样一来，把闹架儿的工夫改用在玩意儿上了，和我们非常亲热。我们种种有趣的玩意儿，没有他参加几乎不能成行。这一天吃过夜饭后他来我家玩，我知道一定又有什么花头。星期六的晚上，两三个亲热的同学聚会在一起，这是何等快活的事！

暑气和沉闷伴着“五卅”来到人间。吃过晚饭后，天气还是闷热。窗子完全开开了，房间里还坐不牢。太阳虽已落山，天还没有黑。一种幽暗的光弥漫在窗际，仿佛电影中的一幕。我和弟弟就搬了藤椅子，到屋后的院子里去乘凉。同时关照徐妈，华明来了请他到院子里来。

我们搬三只藤椅子，放在院角的竹林里，两只自己坐了，空着一只待华明来坐。天空好像一盏乏了油的灯，红光渐渐地减弱。我把眼睛守定西天看了一会，看见那光一跳一跳地沉下去，非常微细，但又非常迅速而不可挽救。正在看得出神，似觉眼梢头另有一种微光，渐渐地在那里强起来。回头一看，原来月亮已在东天的竹叶中间放出她的清光。院子里的光景已由暖色变成寒色，由长音阶（大音阶）变成短音阶（小音阶）了。门口一个黑影出现，好像一只立起的青蛙儿，向我们跳将过来。来的是华明。

“嘍，你们惬意得很！这椅子给我坐的？”他不待我们回答，一屁股坐在藤椅上，剧烈地摇他的两脚。他的椅子背所靠着的那根竹，跟了他的动作而发抖，上面的竹叶作出潇潇的声音来。这引动了三人的眼，大家仰起头来向天空看。月亮已经升得很高，隐在一丛竹叶中。竹叶的摇动把她切成许多不规则的小块，闪烁地映入我们的眼中。大家赞美了一番之后，弟弟说：“可耻的五卅快过去了！”华明说：“可乐的星期日快来到了！”我说：“可爱的星期六晚上已经在这里了！我们今晚干些什么呢？”弟弟说：“我们谈天吧。我先有一个问题给你们猜：细看月亮光底下的人影，头上出烟气。这是什么道理？”我和华明都不相信，于是大家走出竹林外，蹲下来看水门汀上的人影。我看了好久，果然看见头上有一缕一缕的细烟，好像漫画里所描写的动怒的人。“是口里的热气吧？”“是头上的汗水在那里蒸发吧？”大家蹲在地上争论了一会儿，没有解决。华明的注意力却转向了别处；他从身边摸出一支半寸长的铅笔来，在水门汀上热心地描写自己的影。描好了，立起来一看，真像一只青蛙，他自己看了也要笑。徘徊之间，我们同时发现了映在水门汀上的竹叶的影子，同声地叫起来："啊！好看啊！中国画！"华明就拿半寸长的铅笔去描。弟弟手痒起来，连忙跑进屋里去拿铅笔。我学他的口头禅喊他："对起，对起，给我也带一支来！"不久他拿了一把木炭来分送我们。华明就收藏了他那半寸长的法宝，改用木炭来描。大家蹲下去，用木炭在水门汀上参参差差地描出许多竹叶来。一面谈着："这一枝很像校长先生房间里的横幅呢！""这一丛很像我家堂前的立轴呢！""这是《芥子园画谱》里的！""这是吴昌硕的！"忽然一个大人的声音在我们头上慢慢地响出来："这是管夫人的！"大家吃了一惊，立起身来，看见爸爸反背着手立在水门汀旁的草地上看我们描竹，他明明是来得很久了。华明难为情似的站了起来，把拿木炭的手藏在背后，似乎恐防爸爸责备他弄脏了我家的水门汀。爸爸似乎很理解他的意思，立刻对着他说道："谁想出来的？这画法真好玩呢！我也来描几瓣看。"弟弟连忙拣木炭给他。爸爸也蹲在地上描竹叶了，这时候华明方才放心，我们也更加高兴，一边描，一边拿许多话问爸爸："管夫人是谁？"

"她是一位善于画竹的女画家。她的丈夫名叫赵子昂，是一位善于画马的男画家。他们是元朝人，是中国很有名的两大夫妻画家。"

"马的确难画，竹有什么难画呢？照我们现在这种描法，岂不很容易又很好看吗？""容易固然容易，但是这么'依样画葫芦'，终究缺乏画意，不过好玩罢了。画竹不是照真竹一样描，须经过选择和布置。画家选择竹的最好看的姿态，巧妙地布置在纸上，然后成为竹的名画。这选择和布置很困难，并不比画马容易。画马的困难在于马本身上，画竹的困难在于竹叶的结合上。粗看竹画，好像只是墨笔的乱撇，其实竹叶的方向、疏密、浓淡、肥瘦以及集合的形体，都要讲究。所以在中国画法上，竹是一专门部分。平生专门研究画竹的画家也有。"

"竹为什么不用绿颜料来画，而常用墨笔来画呢？用绿颜料撇竹叶，不更像吗？""中国画不注重'像不像'，不同西洋画那么画得同真物一样。凡画一物，只要能表达出像我们闭目回想时所见的一种神气，就是佳作了。所以西洋画像照相，中国画像符号。符号只要用墨笔就够了。原来墨是很好的一种颜料，它是红黄蓝三原色等量混合而成的。故墨画中看似只有一色，其实包罗三原色，即包罗世界上所有的颜色。故墨画在中国画中是很高贵的一种画法。故用墨来画竹，是最正当的。倘然用了绿颜料，就因为太像实物，反而失却神气。所以中国画家不欢喜用绿颜料画竹，反之，却欢喜用与绿相反的红色来画竹。这叫作'朱竹'，是用笔蘸了朱砂来撇的。你想，世界上哪有红色的竹？但这时候画家所描的，实在已经不是竹，只是竹的一种美的姿势，一种活的神气，所以不妨用红色来描。”爸爸说到这里，丢了手中的木炭，立起身来结束地说：“中国画大都如此。我们对中国画应该都取这样的看法。”

月亮渐渐升高来，竹影渐渐与地上描着的木炭线相分离，现出参差不齐的样子来，好像脱了版的印刷。夜渐深了，华明就告辞。“明天日里头来看这地上描着的影子，一定更好看。但希望天不要落雨，洗去了我们的‘墨竹’，大家明天会！”他说着就出去了。我们送他出门。我回到堂前，看见中堂挂着的立轴——吴昌硕描的墨竹——似觉更有意味。那些竹叶的方向、疏密、浓淡、肥瘦以及集合的形体，似乎都有意义，表出着一种美的姿态，一种活的神气。

山中避雨

前天同了两女孩到西湖山中游玩，天忽下雨。我们仓皇奔走，看见前方有一小庙，庙门口有三家村，其中一家是开小茶店而带卖香烛的。我们趋之如归。茶店虽小，茶也要一角钱一壶。但在这时候，即使两角钱一壶，我们也不嫌贵了。

茶越冲越淡，雨越落越大。最初因游山遇雨，觉得扫兴；这时候山中阻雨的一种寂寥而深沉的趣味牵引了我的感兴，反觉得比晴天游山趣味更好。所谓“山色空濛雨亦奇”，我于此体会了这种境界的好处。然而两个女孩子不解这种趣味，她们坐在这小茶店里躲雨，只是怨天尤人，苦闷万状。我无法把我所体验的境界为她们说明，也不愿使她们“大人化”而体验我所感的趣味。

茶博士坐在门口拉胡琴。除雨声外，这是我们当时所闻的唯一的声音。拉的是《梅花三弄》，虽然声音摸得不大正确，拍子还拉得不错。这好像是因为顾客稀少，他坐在门口拉这曲胡琴来代替收音机做广告的。可惜他拉了一会儿就罢，使我们所闻的只是嘈杂而冗长的雨声。为了安慰两个女孩子，我就去向茶博士借胡琴。“你的胡琴借我弄弄好不好？”他很客气地把胡琴递给我。

我借了胡琴回茶店，两个女孩很欢喜。“你会拉的？你会拉的？”我就拉给她们看。手法虽生，音阶还摸得准。因为我小时候曾经请我家邻近的柴主人阿庆教过《梅花三弄》，又请对面弄内一个裁缝司务大汉教过胡琴上的工尺。阿庆的教法很特别，他只是拉《梅花三弄》给你听，却不教你工尺的曲谱。他拉得很熟，但他不知工尺。我对他的拉奏望洋兴叹，始终学他不来。后来知道大汉识字，就请教他。他把小工调、正工调的音阶位置写了一张纸给我，我的胡琴拉奏由此入门。现在所以能够摸出正确的音阶者，一半由于以前略有摸小提琴的经验，一半仍是根基于大汉的教授的。在山中小茶店里的雨窗下，我用胡琴从容地（因为快了要拉错）拉了种种西洋小曲。两女孩和着了歌唱，好像是西湖上卖唱的，引得三家村里的人都来看。一个女孩唱着《渔光曲》，要我用胡琴去和她。我和着她拉，三家村里的青年们也齐唱起来，一时把这苦雨荒山闹得十分温暖。我曾经吃过七八年音乐教师饭，曾经用钢琴伴奏过混声四部合唱，曾经弹过贝多芬的奏鸣曲。但是有生以来，没有尝过今日般的音乐的趣味。

两部空黄包车拉过，被我们雇定了。我付了茶钱，还了胡琴，辞别三家村的青年们，坐上车子。油布遮盖我面前，看不见雨景。我回味刚才的经验，觉得胡琴这种乐器很有意思。钢琴笨重如棺材，小提琴要数十百元一具，制造虽精，世间有几人能够享用呢？胡琴只要两三角钱一把，虽然音域没有小提琴之广，也尽够演奏寻常小曲。虽然音色不比小提琴优美，装配得法，其发音也还可听。这种乐器在我国民间很流行，剃头店里有之，裁缝店里有之，江北船上有之，三家村里有之。倘能多造几个简易而高尚的胡琴曲，使像《渔光曲》一般流行于民间，其艺术陶冶的效果，恐比学校的音乐课广大得多呢。我离去三家村时，村里的青年们都送我上车，表示惜别。我也觉得有些儿依依。（曾经搪塞他们说："下星期再来！"其实恐怕我此生不会再到这三家村里去吃茶且拉胡琴了。）若没有胡琴的因缘，三家村里的青年对于我这路人有何惜别之情，而我又有何依依于这些萍水相逢的人呢？古语云："乐以教和。"我做了七八年音乐教师没有实证过这句话，不料这天在这荒村中实证了。

蜜蜂

正在写稿的时候，耳朵近旁觉得有“嗡嗡”之声，间以“得得”之声。因为文思正畅快，只管看着笔底下，无暇抬头来探究这是什么声音。然而“嗡嗡”“得得”，也只管在我耳旁继续作声，不稍间断。过了几分钟之后，它们已把我的耳鼓刺得麻木，在我似觉这是写稿时耳旁应有的声音，或者一种天籁，无须去探究了。

等到文章告一段落，我放下自来水笔，才举头看见这“嗡嗡”“得得”之声的来源。原来有一只蜜蜂，向我案旁的玻璃窗上求出路，正在那里乱撞乱叫。

我以前只管自己的工作，不起来为它谋出路，任它乱撞乱叫到这许久时光，心中觉得有些抱歉。然而已经挨到现在，况且一时我也想不出怎样可以使它钻得出去的方法，也就再停一会儿再说。

我在一边旁观它的乱撞乱叫。我看它每一次钻，先飞到离玻璃一二寸的地方，然后直冲过去，把它的小头在玻璃上“得，得”地撞两下，然后沿着玻璃“嗡嗡”地向四处飞鸣。其意思是想在那里找一个出身的洞。也许不是找洞，为的是玻璃上很光滑，使它立脚不住，只得向四处乱舞。乱舞了一回之后，大概它悟到了此路不通，于是再飞开来，飞到离玻璃一二寸的地方，重整旗鼓，向玻璃的另一处地方直撞过去。因此“嗡嗡”“得得”，一直继续到现在。

我看了这模样，觉得非常可怜。求生活真不容易，只做一只小小的蜜蜂，为了生活也须碰到这许多钉子。我诅咒那玻璃，它一面使蜜蜂清楚地看见窗外花台里含着许多蜜汁的花，以及天空中自由翱翔的同类，一面又周密地拦阻蜜蜂，永远使它可望而不可即。这真是何等恶毒的东西！它又仿佛是一个骗子，把窗外的广大的天地和灿烂的春色给蜜蜂看，诱它飞来。等到它飞来了，却用一种无形的阻力拦住它，永不使它出头，或竟可使它撞死在这种阻力之下。

因了诅咒玻璃，我又羡慕起物质文明未兴时的幼年生活的诗趣来。我家祖母年年养蚕。每当蚕宝宝上山的时候，堂前装纸窗以防风。为了一双燕子常要出入，特地在纸窗上开一个碗来大的洞，当作燕子的门，那双燕子似乎通人意的，来去时自会把翼稍稍敛住，穿过这洞。这般情景，现在回想了使我何等憧憬！假如我案旁的窗不用玻璃而换了从前的纸窗，我们这蜜蜂总可钻得出去。即使撞两下，也是软软地，没有什么苦痛。求生活在从前容易得多，不但人类社会如此，连虫类社会也如此。

我开始为它谋出路，但这是一件很不容易的事。叫它不要在这里钻，应该回头来从门里出去，它听不懂我的话。用手硬把它捉住了到门外去放，它一定误会我要害它，会用螫反害我，使我的手肿痛得不能工作。除非给它开窗；但是这扇窗不容易开，窗外堆叠着许多笨重的东西，须得先把这些东西除去，方可开窗。这些笨重的东西不是我一人之力所能除去的。

于是我起身来请同室的人帮忙，大家合力除去窗外的笨重的东西，好把窗开了，让我们这蜜蜂得到出路。但是同室的人不肯，他们说：“我们做工都很疲倦了，哪有余力去搬重物而救蜜蜂呢？”我顿觉自己也很疲倦，没有搬这些重物的余力。救蜜蜂的事就成了问题。

忽然门里走进一个人来和我说话。为了不能避免的事，我立刻被他拉了一同出门去，就把蜜蜂的事忘却了。等到我回来的时候，这蜜蜂已不见。不知道是飞去了，被救了，还是撞杀了。

养鸭

除了例假日有长长大大的四个学生——两大学，一高中，一专科——回家来热闹一番之外，经常住在家里的只有三个半人：我们老夫妇二人，一个男工，和一个五岁的男孩。但畜生倒有八口：两狗，两猫，两鸽，和两鸭。有一位朋友看见了说："人少畜生多。"

这许多畜生之中，我最喜欢的是两只鸭。狗是为了防窃贼设法讨来的；猫是为了抵抗老鼠出了四百多块钱买来的，都有实用性。并且狗的贪婪，无耻和势利，猫的凶狠和谄媚，根本不能使我喜欢。至于鸽子呢，新近友人送来的，养得不久；我虽久仰它们的敏捷和信义，但是交情还浅，尚未领教，也只得派在不欢喜之列。唯有两只鸭，我觉得有意思。

这一对鸭不是原配，是一个"寡妇"和一个第二后夫。来由是这样的：今年暮春，一吟（就是那专科学生）从街上买了一对小鸭回来。小得很，两只可以并排站在手掌上。白天在后门外水田游泳，晚上共睡在一只小篮里，挂在梁上：为的是怕黄鼠狼拖去吃。鸭子长得很快，不久小篮嫌挤，就改睡在一个字纸篓里，还是挂在梁上。有一天半夜里，我半睡中听见室内哗啦哗啦地响，后来是鸭子叫。连忙起身，拿电筒一照，只见字纸篓正在摇荡中，下面地上，一只小雄鸭仰卧在血泊中。仔细一看，头颈已被咬断，血如泉涌了。连忙探望字纸篓，小雌鸭幸而还在。环视室内，凶手早已不知去向了。这件血案闹得全家的人都起来。看看残生的小雌鸭，各人叹了好几口气。

后来一吟又买了一只小雄鸭来。大小和小雌鸭仿佛。几日来，小雌鸭形单影只，如今又鹣鹣鲽鲽了。自从那件血案发生以后，我们每晚戒备很严，这一对续弦的小鸭，安全地长大起来，直到七月初我们迁居新屋的时候，已经长成一对中鸭了。新屋四周没有邻居，却有篱笆围着一大块空地。我们在篱笆内掘一个小塘，就称为乳鸭池塘。一对鸭子尽日在篱笆内仰观俯察，逡巡游泳，在我的岑寂的闲居生活上增添了一种生趣。不知不觉之间，它们已长成大鸭，全身雪白，两脚大黄，翅膀上几根羽毛，黑色里透着金光，很是美观。它们晚上睡在屋檐下一只箩子底下。箩子上面压上一块石板，也是为防黄鼠狼。谁知有一天的破晓，我睡醒来，听见连新——我们的男工，在叫喊。起来探问，才知道一只雄鸭又被拖去了，一道血迹从箩子边洒到篱笆的一个洞口，洞外也有些点滴，迤逦向荒山而去。查问根由，原来昨夜连新忘记在箩子上压石板，黄鼠狼就来启箩偷鸭了。既经的疏忽也不必责咎。只是以后的情景着实可怜。那雌鸭放出箩来，东寻西找，仰天长鸣，“轧轧”之声竟日不绝。其声慌张，焦躁，而似乎含有痛楚，使闻者大为不安。所谓“行人驻足听，寡妇起彷徨”者，大约是类乎此的鸣声吧。以前小雄鸭被害了，它满不在乎，照旧吃食游水，我曾经笑它“它毕竟是禽兽！”但照如今看来，毕竟是人的同类，也是含识的，有情的众生。傍晚我偶然走到箩子旁边，看见早上喂的饭全没有动。

雌鸭“丧其所天”之后，一连三四日“轧轧”地哀鸣，东张西望地寻觅。后来也就沉静了。但样子很异常，时时俯在地上叩头，同时“咯咯”地叫。从前的邻人周婆婆来，看见了，说它是需要雄鸭。我们就托周婆婆做媒，过了几天，周婆婆果然提了一只雄鸭来，身材同它一样大小，毛色比它更加鲜美。雄鸭一到地上，立刻跟着雌鸭悠然而逝，直到屋后篱角，花阴深处盘桓了。它们好像是旧相识的。

这一对鸭就是我现在所喜欢的畜生。我喜欢它们，不仅为了上述的一段哀史，大半也是为了鸭这种动物的性行。从前意大利的辽巴第（列奥巴尔迪）喜欢鸟，曾作“百鸟颂”。鸭也是鸟类，却没有被颂在里头，我实在要替鸭抱不平。许多人说，鸭步行的态度太难看。我以为不然，摇摇摆摆地走路，样子天真自然，另有一种“滑稽美”。狗走起路来遑遑如也，好像去赶公事；猫走起路来偷偷摸摸，好像去干暗杀，这才是真难看。但我之所以喜欢鸭子，主要是为了它们的廉耻。人去喂食的时候，鸭一定远远地避开。直到人去远了才慢慢地走近来吃。正在吃的时候，倘有人远远地走过来，一定立刻舍食而去，绝不留恋。虽然鸭子终吃了人们的饭，但其态度非常漂亮，绝不摇尾乞怜，绝不贪婪争食，颇有“履霜坚冰”之操，“不食嗟来”之志，比较之下，狗和猫实在可耻：狗之贪食，恐怕动物中无出其右了。喂食的时候，人还没有走到食盆边，狗已摇头摆尾地先到，而且把头向空盆里乱钻。所以倒下去的食物往往都倒在狗头上。猫是上桌子的畜生，其贪吃更属可怕。不管是灶头上，柜子里，乘人不备，到处偷吃。甚至于人们吃饭的时候，会跳上人膝，向人的饭碗里抢东西吃。一旦抢到了美味的食物，若有人追打，便发出一种吼声，其声的凶狠，可以使人想象老虎或雷电。足证它是用尽全身之力，为食物而拼命了。凡此种种丑态在我们的鸭子全然没有。鸭子，即使人们忘了喂食，仍是摇摇摆摆地自得其乐。这不是最可爱的动物吗？

这两只鸭，我决定养它们到老死。我想准备一只笼子，将来好关进笼里，带它们坐轮船，穿过巴峡巫峡，经过汉口南京，一同回到我的故乡。

爆炒米花

楼窗外面“砰”的一响，好像放炮，又好像轮胎爆裂。推窗一望，原来是“爆炒米花”。

这东西我小时候似乎不曾见过，不知是什么时候开始有的。这个名称我也不敢确定，因为那人的叫声中音乐的成分太多，字眼听不清楚。问问别人，都说“爆炒米花吧”。然而爆而又炒，语法欠佳，恐非正确。但这姑且不论，总之，这是用高热度把米粒放大的一种工作。这工作的工具是一个有柄的铁球，一只炭炉，一只风箱，一只麻袋和一张小凳。爆炒米花者把人家托他爆的米放进铁球里，密封起来，把铁球架在炭炉上；然后坐在小凳上了，右手扯风箱，左手握住铁球的柄，把它摇动，使铁球在炭炉上不绝地旋转，旋到相当的时候，他把铁球从炭炉上卸下，放进麻袋里，然后启封——这时候发出“砰”的一响，同

时米粒从铁球中迸出，落在麻袋里，颗颗同黄豆一般大了！爆炒米花者就拿起麻袋来，把这些米花倒在请托者拿来的篮子里，然后向他收取若干报酬。请托者大都笑嘻嘻地看看篮子里黄豆一般大的米花，带着孩子，拿着篮子回去了。这原是孩子们的闲食，是一种又滋养、又卫生、又经济的闲食。

我家的劳动大姐主张不用米粒，而用年糕来托他爆。把水磨年糕切成小拇指大的片子放在太阳里晒干，然后拿去托他爆。爆出来的真好看：小拇指大的年糕片，都变得同十支香烟篦子一般大了！爆的时候加入些糖，吃起来略带甜味，不但孩子们爱吃，大人们也都喜欢，因为它质地很松，容易消化，多吃些也不会伤胃。空隆空隆地嚼了好久，而实际上吃下去的不过小拇指大的一片年糕。

我吃的时候曾经作如是想：倘使不爆，要人吃小拇指大的几片硬年糕，恐怕不见得大家都要吃。因为硬年糕虽然营养丰富，但是质地太致密，不容易嚼碎，不容易消化。只有胃健的人，消化力强大的人，例如每餐“斗米十肉”的古代人，才能吃硬年糕；普通人大都是没有这胃口的吧。而同是这硬年糕，一经爆过，一经放松，普通人就也能吃，并且爱吃，即使是胃弱的人也消化得了。这一爆的作用就在于此。

想到这里，恍然若有所感。似乎觉得这东西象征着另一种东西。我回想起了三十年前，我初作《缘缘堂随笔》时的一件事。

《缘缘堂随笔》结集成册，在开明书店出版了。那时候我已经辞去教师和编辑之职，从上海迁回故乡石门湾，住在老屋后面的平屋里。我故乡有一位前辈先生，姓杨名梦江，是我父亲的好友，我两三岁的时候，父亲教我认他为义父，我们就变成了亲戚。我迁回故乡的时候，我父亲早已故世，但我常常同这位义父往来。他是前清秀才，诗书满腹。有一次，我把新出版的《缘缘堂随笔》送他一册，请他指教。过了几天他来看我，谈到了这册随笔，我敬求批评。他对那时正在提倡的白话文向来抱反对态度，我料他的批评一定是否定的。果然，他起初就局部略微称赞几句，后来的结论说："不过，这种文章，教我们做起来，每篇只要二十八个字——一首七绝；或者二十个字——一首五绝。”

我初听到这话，未能信受。继而一想，觉得大有道理！古人作文，的确言简意繁，辞约义丰，不像我们的白话文那么啰里啰苏。回想古人的七绝和五绝，的确每首都可以作为一篇随笔的题材。例如最周知的唐诗：“去年今日此门中，人面桃花相映红。人面不知何处去，桃花依旧笑春风。”“少小离家老大回，乡音无改鬓毛衰。儿童相见不相识，笑问客从何处来？”这两个题材，倘使教我来表达，我得写每篇两三千字的两篇抒情随笔。“昨日入城市，归来泪满巾；遍身罗绮者，不是养蚕人。”“长安买花者，一枝值万钱；道旁有饥人，一钱不肯捐。”这两个题材，倘教我来表达，我也许要写成——倘使我会写的话——两篇讽喻短篇小说呢！于是我佩服这位老前辈的话，表示衷心地接受批评。

三十年前这位老前辈对我说的话，我一直保存在心中，不料今天同窗外的“爆炒米花”相结合了，我想：原来我的随笔都好比是爆过、放松过的年糕！

食肉

我从小不吃肉，猪牛羊肉一概不要吃，吃了要呕吐。三四岁以前，本来是要吃的，肥肉也要吃。但长大起来，就不要吃了。原因何在，不得而知。大约是生理关系，仿佛牛马羊不要吃荤，只要吃草。我母亲喜欢吃肉。她推己及人，担心我不吃肉身体不好，曾经将肥肉切成小粒，用豆腐皮包好，叫我吞下去。我遵命。但入胃不久，即觉异样，终于呕吐，连饭也吐光。母亲灰心了，于是我成了一个不食肉者，连鸡鸭也不要吃，只能吃鱼虾。

不食肉是很不方便的。出门作客，参加聚餐，席上总是肉类。有的人家，青菜用肉汤烧，鱼肚中嵌肉。这是最讲究的，却是和我为难。有一次我在一位老先生家便饭。席上鱼肉之外有青菜和豆腐。老先生知道我不吃肉，请我吃豆腐和青菜。但我一看，豆腐和青菜中都加些肉屑，我竟不能下箸。向主人讨些生豆腐，加些麻油酱油，津津有味地吃了一餐饱饭。旁人都说奇怪。谁谓荼苦，其甘如荠呀！

我曾在杭州第一师范做住宿生。饭厅里每桌七人，每餐四菜一汤，其中必有一碗肉。七块肉排列在上，底下是青菜。我应得的一块肉，总是送别人吃，六人轮流受用。因此同学们都喜欢和我同桌。有时星期日约同学出外聚餐，我总拉他们到功德林、素香斋。他们也说素菜好吃，然而嫌它营养不良。我入社会后，索性自称素食者，以免麻烦。其实鳜鱼、河蟹，我都爱吃。

遍观古往今来，中土外国，无不以肉为美味。“六十非肉不饱”，“晚食以当肉”，足见人们对肉的珍视。我不吃肉，实在是“大逆不道”！但我“知故不改”，却笑“食肉者鄙”。

艺术三昧

有一次我看到吴昌硕写的一方字。觉得单看各笔画，并不好。单看各个字，各行字，也并不好。然而看这方字的全体，就觉得有一种说不出的好处。单看时觉得不好的地方，全体看时都变好，非此反不美了。

原来艺术品的这幅字，不是笔笔，字字，行行的集合，而是一个融合不可分解的全体。各笔各字各行，对于全体都是有机的，即为全体的一员。字的或大或小，或偏或正，或肥或瘦，或浓或淡，或刚或柔，都是全体构成上的必要，决不是偶然的。即都是为全体而然，不是为个体自己而然的。于是我想象：假如有绝对完善的艺术品的字，必在任何一字或一笔里已经表出全体的倾向。如果把任何一字或一笔改变一个样子，全体也非统统改变不可；又如把任何一字或一笔除去，全体就不成立。换言之，在一笔中已经表出全体，在一笔中可以看出全体，而全体只是一个个体。

所以单看一笔一字或一行，自然不行。这是伟大的艺术的特点。在绘画也是如此。中国画论中所谓“气韵生动”，就是这个意思。西洋印象画派的持论：“以前的西洋画都只是集许多幅小画而成一幅大画，毫无生气。艺术的绘画，非画面浑然融合不可。”在这点上想来，印象派的创生确是西洋绘画的进步。

这是一个不可思议的艺术的三昧境。在一点里可以窥见全体，而在全体中只见一个体。所谓“一有多种，二无两般。”（《碧岩录》）就是这个意思吧！这道理看似矛盾又玄妙，其实是艺术的一般的特色，美学上的所谓“多样的统一”，很可明了地解释，其意义：譬如有三只苹果，水果摊上的人把它们规则地并列起来，就是“统一”。只有统一是板滞的，是死的。小孩子把它们触乱，东西滚开，就是“多样”。只有多样是散漫的，是乱的。最后来了一个画家，要写生它们，给它们安排成一个可以入画的美的位置——两个靠拢在后方一边，余一个稍离开在前方——望去恰好的时候，就是所谓“多样的统一”，是美的。要统一，又要多样；要规则，又要不规则；要不规则的规则，规则的不规则；要一中有多，多中有一。这是艺术的三昧境！

宇宙是一大艺术。人何以只知鉴赏书画的小艺术，而不知鉴赏宇宙的大艺术呢？人何以不拿看书画的眼来看宇宙呢？如果拿看书画的眼来看宇宙，必可发现更大的三昧境。宇宙是一个浑然融合的全体，万象都是这全体的多样而统一的诸相。在万象的一点中，必可窥见宇宙的全体；而森罗的万象，只是一个个体。勃雷克（布莱克）的“一粒沙里见世界”，孟子的“万物皆备于我”，就是当作一大艺术而看宇宙的吧！艺术的字画中，没有可以独立存在的一笔。即宇宙间没有可以独立存在的事物。倘不为全体，各个体尽是虚幻而无意义了。那末这个“我”怎样呢？自然不是独立存在的小我，应该融入于宇宙全体的大我中，以造成这一大艺术。

杨柳

因为我的画中多杨柳树，就有人说我欢喜杨柳树；因为有人说我欢喜杨柳树，我似觉自己真与杨柳树有缘。但我也曾问心，为什么欢喜杨柳树？到底与杨柳树有什么深缘？其答案了不可得。原来这完全是偶然的：昔年我住在白马湖上，看见人们在湖边种柳，我向他们讨了一小株，种在寓屋的墙角里。因此给这屋取名“小杨柳屋”，因此常取见惯的杨柳为画材，因此就有人说我欢喜杨柳，因此我自己似觉与杨柳有缘。假如当时人们在湖边种荆棘，也许我会给屋取为“小荆棘屋”，而专画荆棘，成为与荆棘有缘，亦未可知。天下事往往如此。

但假如我存心要和杨柳结缘，就不说上面的话，而可以附会种种的理由上去。或者说我爱它的鹅黄嫩绿，或者说我爱它的如醉如舞，或者说我爱它像小蛮的腰，或者说我爱它是陶渊明的宅边所种的，或者还可援引“客舍青青”的诗，“树犹如此”的话，以及“王恭之貌”“张绪之神”等种种古典来，作为自己爱柳的理由。即使要找三百个冠冕堂皇、高雅深刻的理由，也是很容易的。天下事又往往如此。

也许我曾经对人说过“我爱杨柳”的话。但这话也是随缘的。仿佛我偶然买一双黑袜穿在脚上，逢人问我“为什么穿黑袜”时，就对他说“我欢喜穿黑袜”一样。实际，我向来对于花木无所爱好；即有之，亦无所执着。这是因为我生长穷乡，只见桑麻，禾黍，棉花，小麦，大豆，不曾亲近过万花如绣的园林。只在几本旧书里看见过“紫薇”“红杏”“芍药”“牡丹”等美丽的名称，但难得亲近这等名称的所有者。并非完全没有见过，只因见时它们往往使我失望，不相信这便是曾对紫微郎的紫薇花，曾使尚书出名的红杏，曾傍美人醉卧的芍药，或者象征富贵的牡丹。我觉得它们也只是植物中的几种，不过少见而名贵些，实在也没有什么特别可爱的地方，似乎不配在诗词中那样地受人称赞，更不配在花木中占据那样高尚的地位。因此我似觉诗词中所赞叹的名花是另外一种，不是我现在所看见的这种植物。我也曾偶游富丽的花园，但终于不曾见过十足地配称“万花如绣”的景象。

假如我现在要赞美一种植物，我仍是要赞美杨柳。但这与前缘无关，只是我这几天的所感，一时兴到，随便谈谈，也不会像信仰宗教或崇拜主义地毕生皈依它。为的是昨日天气佳，埋头写作到傍晚，不免走到西湖边的长椅子里坐了一会儿。看见湖岸的杨柳树上，好像挂着几万串嫩绿的珠子，在温暖的春风中飘来飘去，飘出许多弯度微微的S线来，觉得这一种植物实在美丽可爱，非赞它一下不可。

听人说，这种植物是最贱的。剪一根枝条来插在地上，它也会活起来，后来变成一株大杨柳树。它不需要高贵的肥料或工深的壅培，只要有阳光，泥土和水，便会生活，而且生得非常强健而美丽。牡丹花要吃猪肚肠，葡萄藤要吃肉汤，许多花木要吃豆饼，杨柳树不要吃人家的东西，因此人们说它是“贱”的，大概“贵”是要吃的意思。越要吃得多，越要吃得好，就是越“贵”。吃得很多很好而没有用处，只供观赏的，似乎更贵。例如牡丹比葡萄贵，是为了牡丹吃了猪肚肠只供观赏而葡萄吃了肉汤有结果的原故[①]。杨柳不要吃人的东西，且有木材供人用，因此被人看作“贱”的。

我赞杨柳美丽，但其美与牡丹不同，与别的一切花木都不同。杨柳的主要的美点，是其下垂。花木大都是向上发展的，红杏能长到“出墙”，古木能长到“参天”。向上原是好的，但我往往看见枝叶花果蒸蒸日上，似乎忘记了下面的根，觉得其样子可恶；你们是靠它养活的，怎么只管高踞上面，绝不理睬它呢？你们的生命建设在它上面，怎么只管贪图自己的光荣，而绝不回顾处在泥土中的根本呢？花木大都如此。甚至下面的根已经被砍，而上面的花叶还是欣欣向荣，在那里作最后一刻的威福，真是可恶而又可怜！杨柳没有这般可恶可怜的样子：它不是不会向上生长。它长得很快，而且很高；但是越长得高，越垂得低。千万条陌头细柳，条条不

① 原故：缘故。

忘记根本，常常俯首顾着下面，时时借了春风之力，向处在泥土中的根本拜舞，或者和它亲吻。好像一群活泼的孩子环绕着他们的慈母而游戏，但时时依傍到慈母的身旁去，或者扑进慈母的怀里去，使人看了觉得非常可爱。杨柳树也有高出墙头的，但我不嫌它高，为了它高而能下，为了它高而不忘本。

自古以来，诗文常以杨柳为春的一种主要题材。写春景曰“万树垂杨”，写春色曰“陌头杨柳”，或竟称春天为“柳条春”。我以为这并非仅为杨柳当春抽条的原故。实因其树有一种特殊的姿态，与和平美丽的春光十分调和的原故。这种姿态的特殊点，便是“下垂”。不然，当春发芽的树木不知凡几，何以专让柳条做春的主人呢？只为别的树木都凭仗了春之力而拼命向上，一味求高，忘记了自己的根本。其贪婪之相不合于春的精神。最能象征春的神意的，只有垂杨。

这是我昨天看了西湖边上的杨柳而一时兴起的感想。但我所赞美的不仅是西湖上的杨柳。在这几天的春光之下，乡村处处的杨柳都有这般可赞美的姿态。西湖似乎太高贵了，反而不适于栽植这种“贱”的垂杨呢。

梧桐树

寓楼的窗前有好几株梧桐树。这些都是邻家院子里的东西，但在形式上是我所有的。因为它们和我隔着适当的距离，好像是专门种给我看的。它们的主人，对于它们的局部状态也许比我看得清楚；但是对于它们的全体容貌，恐怕始终没看清楚呢。因为这必须隔着相当的距离方才看见。唐人诗云："山远始为容。"我以为树亦如此。自初夏至今，这几株梧桐树在我面前浓妆淡抹，显出了种种的容貌。

当春尽夏初，我眼看见新桐初乳的光景。那些嫩黄的小叶子一簇簇地顶在秃枝头上，好像一堂树灯[①]，又好像小学生的剪贴图案，布置均匀而带幼稚气。植物的生叶，也有种种技巧：有的新陈代谢，瞒

① 树灯：作者故乡一带的风俗，人死后须在尸场上靠近头的一端点起树灯，树灯是一种点着许多油灯的树形灯架。

过了人的眼睛而在暗中偷换青黄。有的微乎其微，渐乎其渐，使人不觉察其由秃枝变成绿叶。只有梧桐树的生叶，技巧最为拙劣，但态度最为坦白。它们的枝头疏而粗，它们的叶子平而大。叶子一生，全树显然变容。

在夏天，我又眼看见绿叶成荫的光景。那些团扇大的叶片，长得密密层层，望去不留一线空隙，好像一个大绿障，又好像图案画中的一座青山。在我所常见的庭院植物中，叶子之大，除了芭蕉以外，恐怕无过于梧桐了。芭蕉叶形状虽大，数目不多，那丁香结要过好几天才展开一张叶子来，全树的叶子寥寥可数。梧桐叶虽不及它大，可是数目繁多。那猪耳朵一般的东西，重重叠叠地挂着，一直从低枝上挂到树顶。窗前摆了几枝梧桐，我觉得绿意实在太多了。古人说“芭蕉分绿上窗纱”，眼光未免太低，只是阶前窗下的所见而已。若登楼眺望，芭蕉便落在眼底，应见“梧桐分绿上窗纱”了。

一个月以来，我又眼看见梧桐叶落的光景。样子真凄惨呢！最初绿色黑暗起来，变成墨绿；后来又由墨绿转成焦黄；北风一吹，它们大惊小怪地闹将起来，大大的黄叶便开始辞枝——起初突然地落脱一两张来，后来成群地飞下一大批来，好像谁从高楼上丢下来的东西。枝头渐渐地虚空了，露出树后面的房屋来，终于只剩几根枝条，回复了春初的面目。这几天它们空手站在我的窗前，好像曾经娶妻生子而家破人亡了的光棍，样子怪可怜的！我想起了古人的诗："高高山头树，风吹叶落去。一去数千里，何当还故处？"现在倘要搜集它们的一切落叶来，使它们一齐变绿，重还故枝，回复夏日的光景，即使仗了世间一切支配者的势力，尽了世间一切机械的效能，也是不可能的事了！回黄转绿世间多，但象征悲哀的莫如落叶，尤其是梧桐的落叶。落花也曾令人悲哀。但花的寿命短促，犹如婴儿初生即死，我们虽也怜惜他，但因对他关系未久，回忆不多，因之悲哀也不深。叶的寿命比花长得多，尤其是梧桐的叶，自初生至落尽，占有大半年之久，况且这般繁茂，这般盛大！眼前高厚浓重的几堆大绿，一朝化为乌有！"无常"的象征，莫大于此了！

但它们的主人，恐怕没有感到这种悲哀。因为他们虽然种植了它们，所有了它们，但都没有看见上述的种种光景。他们只是坐在窗下瞧瞧它们的根干，站在阶前仰望它们的枝叶，为它们扫扫落叶而已，何从看见它们的容貌呢？何从感到它们的象征呢？可知自然是不能被占有的。可知艺术也是不能被占有的。

生机

去年除夕夜买的一球水仙花，养了两个多月，直到今天方才开花。

今春天气酷寒，别的花木萌芽都迟，我的水仙尤迟。因为它到我家来，遭了好几次灾难，生机被阻抑了。

第一次遭的旱灾，其情形是这样：它于去年除夕到我家，当时因为我的别寓里没有水仙花盆，我特为跑到瓷器店去买一只纯白的瓷盘来供养它。这瓷盘很大，很重，原来不是水仙花盆。据瓷器店里的老头子说，它是光绪年间的东西，是官场中请客时用以盛某种特别肴馔的家伙。只因后来没有人用得着它，至今没有卖脱。我觉得普通所谓水仙花盆，长方形的，扇形的，在过去的中国画里都已看厌了，而且形式都不及这家伙好看。就假定这家伙是为我特制的水仙花盆，买了它来，给我的水仙花配合，形状色彩都很调和。看它们在寒窗下绿白相映，素艳可喜，谁相信这是官场中盛酒肉的东西？可是它们结合不到一个月，就要别离。为的是我要到石门湾去过阴历年，预期在缘缘堂住一个多月，希望把这水仙花带回去，看它开花才好。如何带法？颇费踌躇：叫工人阿毛拿了这盆水仙花乘火车，恐怕有人说阿毛提倡风雅；把它装进皮箱里，又不可能。于是阿毛提议："盘儿不要它，水仙花拔起来装在饼干箱里，携了上车，到家不过三四个钟头，不会旱杀的。"我通过了。水仙就与盘暂别，坐在饼干箱里旅行。回到家里，大家纷忙得很，我也忘记了水仙花。三天之后，阿毛突然说起，我猛然觉悟，找寻它的下落，原来被人当作饼干，搁在石灰甏上。连忙取出一看，绿叶憔悴，根须焦黄。阿毛说"勿碍"，立刻把它供养在家里旧有的水仙花盆中，又放些白糖在水里。幸而果然勿碍，过了几天它又欣欣向荣了。是为第一次遭的旱灾。

第二次遭的是水灾，其情形是这样：家里的水仙花盆中，原有许多色泽很美丽的雨花台石子。有一天早晨，被孩子们发现了，水仙花就遭殃：他们说石子里统是灰尘，埋怨阿毛不先将石子洗净，就代替他做这番工作。他们把水仙花拔起，暂时养在脸盆里，把石子倒在另一脸盆里，掇到墙角的太阳光中，给它们一一洗刷。雨花台石子浸着水，映着太阳光，光泽、色彩、花纹，都很美丽。有几颗可以使人想象起“通灵宝玉”来。看的人越聚越多，孩子们尤多，女孩子最热心。她们把石子照形状分类，照色彩分类，照花纹分类；然后品评其好坏，给每块石子打起分数来；最后又利用其形色，用许多石子拼起图案来。图案拼好，她们自去吃年糕了！年糕吃好，她们又去踢毽子了；毽子踢好，她们又去散步了。直到晚上，阿毛在墙角发现了石子的图案，叫道：“咦，水仙花哪里去了？”东寻西找，发现它横卧在花台边上的脸盆中，浑身浸在水里。自晨至晚，浸了十来小时，绿叶已浸得发肿，发黑了！阿毛说“勿碍”，再叫小石子给它扶持，坐在水仙花盆中。是为第二次遭的水灾。

第三次遭的是冻灾，其情形是这样的：水仙花在缘缘堂里住了一个多月。其间春寒太甚，患难迭起。其生机被这些天灾人祸所阻抑，始终不能开花。直到我要离开缘缘堂的前一天，它还是含苞未放。我此去预定暮春回来，不见它开花又不甘心，以问阿毛。阿毛说："用绳子穿好，提了去！这回不致忘记了。"我赞成。于是水仙花倒悬在阿毛的手里旅行了。它到了我的寓中，仍旧坐在原配的盆里。雨水过了，不开花。惊蛰过了，又不开花。阿毛说："不晒太阳的原故。"就掇到阳台上，请它晒太阳。今年春寒殊甚，阳台上虽有太阳光，同时也有料峭的东风，使人立脚不住。所以人都闭居在室内，从不走到阳台上去看水仙花。房间内少了一盆水仙花也没有人查问。直到次日清晨，阿毛叫了："啊哟！昨晚水仙花没有拿进来，冻杀了！"一看，盆内的水连底冻，敲也敲不开；水仙花里面的水分也冻，其鳞茎冻得像一块白石头，其叶子冻得像许多翡翠条。赶快拿进来。放在火炉边。久之久之，盆里的水融了，花里的水也融了；但是叶子很软，一条一条弯下来，叶尖儿垂在水面。阿毛说"乌者①"，我觉得的确有些儿"乌"，但是看它的花蕊还是笔挺地立着，想来生机没有完全丧尽，还有希

① 乌者：糟了的意思。

望。以问阿毛，阿毛摇头，随后说：“索性拿到灶间里去，暖些，我也可以常常顾到。”我赞成。垂死的水仙花就被从房中移到灶间。是为第三次遭的冻灾。

谁说水仙花清？它也像普通人一样，需要烟火气的。自从移入灶间之后，叶子渐渐抬起头来，花苞渐渐展开。今天花儿开得很好了！阿毛送它回来，我见了心中大快。此大快非仅为水仙花。人间的事，只要生机不灭，即使重遭天灾人祸，暂被阻抑，终有抬头的日子。个人的事如此，家庭的事如此，国家、民族的事也如此。

塘栖

夏目漱石的小说《旅宿》（日文名《草枕》）中，有这样的一段文章："像火车那样足以代表二十世纪的文明的东西，恐怕没有了。把几百个人装在同样的箱子里蓦然地拉走，毫不留情。被装进在箱子里的许多人，必须大家用同样的速度奔向同一车站，同样地熏沐蒸汽的恩泽。别人都说乘火车，我说是装进火车里。别人都说乘了火车走，我说被火车搬运。像火车那样蔑视个性的东西是没有的了……"

我翻译这篇小说时，一面非笑这位夏目先生的顽固，一面体谅他的心情。在二十世纪中，这样重视个性，这样嫌恶物质文明的，恐怕没有了。有之，还有一个我，我自己也怀着和他同样的心情呢。从我乡石门湾到杭州，只要坐一小时轮船，乘一小时火车，就可到达。但我常常坐客船，走运河，在塘栖过夜，走它两三天，到横河桥上岸，再坐黄包车来到田家园的寓所。这寓所赛如我的“行宫”，有一男仆经常照管着。我那时不务正业，全靠在家写作度日，虽不富裕，倒也开销得过。

客船是我们水乡一带地方特有的一种船。水乡地方，河流四通八达。这环境娇养了人，三五里路也要坐船，不肯步行。客船最讲究，船内装备极好。分为船艄、船舱、船头三部分，都有板壁隔开。船艄是摇船人工作之所，烧饭也在这里。船舱是客人坐的，船头上安置什物。舱内设一榻、一小桌，两旁开玻璃窗，窗下都有坐板。那张小桌平时摆在船舱角里，三只短脚搁在坐板上，一只长脚落地。倘有四人共饮，三只短脚可接长来，四脚落地，放在船舱中央。此桌约有二尺见方，叉麻雀也可以。舱内隔壁上都嵌着书画镜框，竟像一间小小的客堂。这种船真可称之为画船。这种画船雇用一天大约一元。（那时米价每石约二元半）我家在附近各埠都有亲戚，往来常坐客船。因此船家把我们当作老主顾。但普通只雇一天，不在船中宿夜。只有我到杭州，才包它好几天。

吃过早饭，把被褥用品送进船内，从容开船。凭窗闲眺两岸景色，自得其乐。中午，船家送出酒饭来。傍晚到达塘栖，我就上岸去吃酒了。塘栖是一个镇，其特色是家家门前建着凉棚，不怕天雨。有一句话，叫作“塘栖镇上落雨，淋勿着”。“淋”与“轮”发音相似，所以凡事轮不着，就说“塘栖镇上落雨”。且说塘栖的酒店，有一特色，即酒菜种类多而分量少。几十只小盆子罗列着，有荤有素，有干有湿，有甜有咸，随顾客选择。真正吃酒的人，才能赏识这种酒家。若是壮士、莽汉，像樊哙、鲁智深之流，不宜上这种酒家。他们狼吞虎嚼起来，一盆酒菜不够一口。必须是所谓酒徒，才可请进来。酒徒吃酒，不在菜多，但求味美。呷一口花雕，嚼一片嫩笋，其味无穷。这种人深得酒中三昧，所以称之为“徒”。迷于赌博的叫作赌徒，迷于吃酒的叫作酒徒。但爱酒毕竟和爱钱不同，故酒徒不宜与赌徒同列。和尚称为僧徒，与酒徒同列可也。我发了这许多议论，无非要表示我是个酒徒，故能赏识塘栖的酒家。我吃过一斤花雕，要酒家做碗素面，便醉饱了。算还了酒钞，便走出门，到淋勿着的塘栖街上去散步。塘栖枇杷是有名的。我买些白沙枇杷，回到船里，分些给船娘，然后自吃。

在船里吃枇杷是一件快适的事。吃枇杷要剥皮，要出核，把手弄脏，把桌子弄脏。吃好之后必须收拾桌子，洗手，实在麻烦。船里吃枇杷就没有这种麻烦。靠在船窗口吃，皮和核都丢在河里，吃好之后在河里洗手。坐船逢雨天，在别处是不快的，在塘栖却别有趣味。因为岸上淋勿着，绝不妨碍你上岸。况且有一种诗趣，使你想起古人的佳句："人人尽说江南好，游人只合江南老。春水碧于天，画船听雨眠。""闲梦江南梅熟日，夜船吹笛雨潇潇。"古人赞美江南，不是信口乱道，确是亲身体会才说出来的。江南佳丽地，塘栖水乡是代表之一。我谢绝了二十世纪的文明产物的火车，不惜工本地坐客船到杭州，实在并非顽固。知我者，其唯夏目漱石乎？

春

春是多么可爱的一个名词！自古以来的人都赞美它，希望它常在人间。诗人，特别是词客，对春爱慕尤深。试翻词选，差不多每一页上都可以找到一个春字。后人听惯了这种话，自然地随喜附和，即使实际上没有理解春的可爱的人，一说起春也会觉得欢喜。这一半是春这个字的音容所暗示的。“春！”你听，这个音读起来何等铿锵而惺忪可爱！这个字的形状何等齐整妥帖而具足对称的美！这么美的名字所隶属的时节，想起来一定很可爱。好比听见名叫“丽华”的女子，想来一定是个美人。

然而实际上春不是那么可喜的一个时节。我积三十六年之经验，深知暮春以前的春天，生活上是很不愉快的。

梅花带雪开了，说道是漏泄春的消息。但这完全是精神上的春，实际上雨雪霏霏，北风烈烈，与严冬何异？所谓迎春的人，也只是瑟缩地躲在房栊内，战栗地站在屋檐下，望望枯枝一般的梅花罢了！

再迟个把月吧，就像现在：惊蛰已过，所谓春将半了。住在都会里的朋友想象此刻的乡村，足有画图一般美丽，连忙写信来催我写春的随笔。好像因为我偎傍着春，惹他们妒忌似的。其实我们住在乡村间的人，并没有感到快乐，却生受了种种的不舒服：寒暑表激烈地升降于三十六度至六十二度（华氏度）之间。一日之内，乍暖乍寒。暖起来可以想起都会里的冰激凌，寒起来几乎可见天然冰，饱尝了所谓“料峭”的滋味。天气又忽晴忽雨，偶一出门，干燥的鞋子往往拖泥带水归来。“一春能有几番晴”是真的；“小楼一夜听春雨”其实没有什么好听，单调得很，远不及你们都会里的无线电的花样繁多呢。春将半了，但它并没有给我们一点舒服，只教我们天天愁寒，愁暖，愁风，愁雨。正是“三分春色二分愁，更一分风雨”！

春的景象，只有乍寒、乍暖、忽晴、忽雨是实际而明确的。此外虽有春的美景，但都隐约模糊，要仔细探寻，才可依稀仿佛地见到，这就是所谓“寻春”吧？有的说“春在卖花声里”，有的说“春在梨花”，又有的说“红杏枝头春意闹”，但这种景象在我们这枯寂的乡村里都不易见到。即使见到了，肉眼也不易认识。总之，春所带来的美，少而隐；春所带来的不快，多而确。诗人词客似乎也承认这一点，春寒、春困、春愁、春怨，不是诗词中的常谈吗？不但现在如此，就是再过个把月，到了清明时节，也不见得一定春光明媚，令人极乐。倘又是落雨，路上的行人将要“断魂”呢。

可知春徒有其名，在实际生活上是很不愉快的。实际，一年中最愉快的时节，是从暮春开始的。就气候上说，暮春以前虽然大体逐渐由寒向暖，但变化多端，始终是乍寒，乍暖，最难将息的时候，到了暮春，方才冬天的影响完全消灭，而一路向暖。寒暑表上的水银爬到 temperate（温和）上，正是气候最temperate的时节。就景色上说，春色不须寻找，有广大的绿野青山，慰人心目。古人词云：“杜宇一声春去，树头无数青山。”原来山要到春去的时候方才全青，而惹人注目。我觉得自然景色中，青草与白雪是最伟大的现象。造物者描写“自然”这幅大画图时，对于春红、秋艳，都只是略蘸些胭脂、朱磦，轻描淡写。到了描写白雪与青草，他就毫不吝惜颜料，用刷子蘸了铅粉、藤黄和花青而大块地涂抹，使屋屋皆白，山山皆青。这仿佛是米派山水的点染法，又好像是塞尚风景画的“色的块”，何等泼辣的画风！而草色青青，连天遍野，尤为和平可亲、大公无私的春色。花木有时被关闭在私人的庭园里，吃了园丁的私刑而献媚于绅士淑女之前。草则到处自生自长，不择贵贱高下。人都以为花是春的作品，其实春工不在花枝，而在于草。看花的能有几人？草则广泛地生长在大地的表面，普遍地受大众的欣赏。这种美景，是早春所见不到的。那时候山野中枯草遍地，满目憔悴之色，看了令人不快。必须到了暮春，枯草尽去，才有真的青山绿野的出现，而天地为之一新。一年好景，无过于此时。自然对人的恩宠，也以此时为最深厚了。

讲求实利的西洋人，向来重视这季节，称之为

May（五月）。May是一年中最愉快的时节，人间有种种的娱乐，即所谓 May-queen（五月美人）、May-pole（五月彩柱）、May-games（五月游艺）等。May这一个字，原是“青春”“盛年”的意思。可知西洋人视一年中的五月，犹如人生中的青年，为最快乐、最幸福、最精彩的时期。这确是名副其实的。但东洋人的看法就与他们不同：东洋人称这时期为暮春，正是留春、送春、惜春、伤春，而感慨、悲叹、流泪的时候，全然说不到乐。东洋人之乐，乃在“绿柳才黄半未匀”的新春，便是那忽晴、忽雨、乍暖、乍寒、最难将息的时候。这时候实际生活上虽然并不舒服，但默察花柳的萌动，静观天地的回春，在精神上是最愉快的。故西洋的“May”相当于东洋的“春”。这两个字读起来声音都很好听，看起来样子都很美丽。不过May是物质的、实利的，而春是精神的、艺术的。东西洋文化的判别，在这里也可窥见。

秋

我的年岁上冠用了“三十”二字，至今已两年了。不解达观的我，从这两个字上受到了不少的暗示与影响。虽然明明觉得自己的体格与精力比二十九岁时全然没有什么差异，但“三十”这一个观念笼在头上，犹之张了一顶阳伞，使我的全身蒙了一个暗淡色的阴影，又仿佛在日历上撕过了立秋的一页以后，虽然太阳的炎威依然没有减却，寒暑表上的热度依然没有降低，然而只当得余威与残暑，或霜降木落的先驱，大地的节候已从今移交于秋了。

实际，我两年来的心情与秋最容易调和而融合。这情形与从前不同。在往年，我只慕春天。我最欢喜杨柳与燕子。尤其欢喜初染鹅黄的嫩柳。我曾经名自己的寓居为“小杨柳屋”，曾经画了许多杨柳燕子的画，又曾经摘取秀长的柳叶，在厚纸上裱成各种风调的眉，想象这等眉的所有者的颜貌，而在其下面添描出眼鼻与口。那时候我每逢早春时节，正月二月之交，看见杨柳枝的线条上挂了细珠，带了隐隐的青色而“遥看近却无”的时候，我心中便充满了一种狂喜，这狂喜又立刻变成焦虑，似乎常常在说：“春来了！不要放过！赶快设法招待它，享乐它，永远留住它。”我读了“良辰美景奈何天”等句，曾经真心地感动。以为古人都太息一春的虚度，前车可鉴！到我手里决不放它空过了。最是逢到了古人惋惜最深的寒食清明，我心中的焦灼便更甚。那一天我总想有一种足以充分酬偿这佳节的举行。我准拟作诗，作画，或痛饮，漫游。虽然大多不被实行；或实行而全无效果，反而中了酒，闹了事，换得了不快的回忆；但我总不灰心，总觉得春的可恋。我心中似乎只有知道春，别的三季在我都当作春的预备，或待春的休息时间，全然不曾注意到它们的存在与意义。而对于秋，尤无感觉：因为夏连续在春的后面，在我可当作春的过剩；冬先行在春的前面，在我可当作春的准备；独有与春全无关联的秋，在我心中一向没有它的位置。

自从我的年龄告了立秋以后，两年来的心境完全转了一个方向，也变成秋天了。然而情形与前不同：并不是在秋日感到像昔日的狂喜与焦灼。我只觉得一到秋天，自己的心境便十分调和。非但没有那种狂喜与焦灼，且常常被秋风秋雨秋色秋光所吸引而融化在秋中，暂时失却了自己的所在。而对于春，又并非像昔日对于秋的无感觉。我现在对于春非常厌恶。每当万象回春的时候，看到群花的斗艳，蜂蝶的扰攘，以及草木昆虫等到处争先恐后地滋生繁殖的状态，我觉得天地间的凡庸、贪婪、无耻与愚痴，无过于此了！尤其是在青春的时候，看到柳条上挂了隐隐的绿珠，桃枝上着了点点的红斑，最使我觉得可笑又可怜。我想唤醒一个花蕊来对它说："啊！你也来反复这老调了！我眼看见你的无数的祖先，个个同你一样地出世，个个努力发展，争荣竞秀；不久没有一个不憔悴而化泥尘。你何苦也来反复这老调呢？如今你已长了这孽根，将来看你弄娇弄艳，装笑装颦，招致了蹂躏、摧残、攀折之苦，而步你的祖先们的后尘！”

实际，迎送了三十几次的春来春去的人，对于花事早已看得厌倦，感觉已经麻木，热情已经冷却，决不会再像初见世面的青年少女地为花的幻姿所诱惑而赞之，叹之，怜之，惜之了。况且天地万物，没有一件逃得出荣枯，盛衰，生灭，有无之理。过去的历史昭然地证明着这一点，无须我们再说。古来无数的诗人千篇一律地为伤春惜花费词，这种效颦也觉得可厌。假如要我对于世间的生荣死灭费一点词，我觉得生荣不足道，而宁愿欢喜赞叹一切的死灭。对于前者的贪婪、愚昧与怯弱，后者的态度何等谦逊、悟达而伟大！我对于春与秋的舍取，也是为了这一点。

夏目漱石三十岁的时候，曾经这样说：“人生二十而知有生的利益；二十五而知有明之处必有暗；至于三十的今日，更知明多之处暗亦多，欢浓之时愁亦重。”我现在对于这话也深抱同感；有时又觉得三十的特征不止这一端，其更特殊的是对于死的体感。青年们恋爱不遂的时候惯说生生死死，然而这不过是知有“死”的一回事而已，不是体感。犹之在饮冰挥扇的夏日，不能体感到围炉拥衾的冬夜的滋味。就是我们阅历了三十几度寒暑的人，在前几天的炎阳之下也无论如何感不到浴日的滋味。围炉、拥衾、浴日等事，在夏天的人的心中只是一种空虚的知识，不过晓得将来须有这些事而已，但是不能体感它们的滋味。须得入了秋天，炎阳逞尽了威势而渐渐退却，汗水浸胖了的肌肤渐渐收缩，身穿单衣似乎要打寒噤，而手触法郎绒觉得快适的时候，于是围炉、拥衾、浴日等知识方能渐渐融入体验界中而化为体感。我的年龄告了立秋以后，心境中所起的最特殊的状态便是这对于“死”的体感。以前我的思虑真疏浅！以为春可以常在人间，人可以永在青年，竟完全没有想到死。又以为人生的意义只在于生，而我的一生最有意义，似乎我是不会死的。直到现在，仗了秋的慈光的鉴照，死的灵气钟育，才知道生的甘苦悲欢，是天地间反复过亿万次的老调，又何足珍惜？我但求此生的平安的度送与脱出而已。犹之罹了疯狂的人，病中的颠倒迷离何足计较？但求其去病而已。

我正要搁笔，忽然西窗外黑云弥漫，天际闪出一道电光，发出隐隐的雷声，骤然洒下一阵夹着冰雹的秋雨。啊！原来立秋过得不多天，秋心稚嫩而未曾老练，不免还有这种不调和的现象，可怕哉！

山水间的生活

我家迁住白马湖上后三天，我在火车中遇见一个朋友，对我这样说："山水间虽然清静，但物质的需要不便之外，住家不免寂寞，办学校不免闭门造车，有利亦有弊。"我当时对于这话就起一种感想，后来忙中就忘却了。

现在春晖在山水间已生活了近一年了，我的家庭在山水间已生活了一月多了。我对于山水间的生活，觉得有意义，又想起了火车中的友人的话。写出我的几种感想在下面。

我曾经住过上海，觉得上海住家，邻人都是不相往来，而且敌视的。我也曾做过上海的学校教师，觉得上海的繁华和文明，能使聪明的明白人得到暗示和觉悟，而使悟力薄弱的人受到很恶的影响。我觉得上海虽热闹，实在寂寞，山中虽冷静，实在热闹，不觉得寂寞。就是上海是骚扰的寂寞，山中是清静的热闹。

在火车里的几小时，是在这社会里四五十年的人生的缩图。座位被占，提包被偷等恐慌，就是生活恐慌的缩形。倘嫌山水间的生活的寂寞，而慕都会的热闹，犹之在只乘四五个相熟的人的火车里嫌寂寞，要望别的拥挤着的车子里去。如果有这样的人，他定是要描写拥挤的车子而去观察的小说家，否则是想图利去的pickpocket（扒手）。

我在教授图画唱歌的时候，觉得以前曾在别处学过图画唱歌的人最难教授，全然没有未学过的人容易指导。同样，我觉得在社会里最感到困难的是“因袭的打破难”。许多学校风潮，许多家庭悲剧，许多恶劣的人类分子，都是“因袭的罪恶”，何尝是人间本身的不良。因袭好比遗传，永不断绝。新文化一次输入因袭旧恶的社会里，仿佛注些花露水在粪里，气味更难当。再输入一次，仿佛在这花露水和粪里再注入些香油，又变一种臭气。我觉得无论什么改造，非先除去因袭的恶弊终归越弄越坏。在山水间的学校和家庭，不拘何等孤僻，何等少见闻，何等寂寥，“因袭的传染的隔远”和“改造的容易入手”是实实在在的事实。

我从前往往听见人讲到子弟求学或职业等问题，都说：“总要出上海！”听者带着一种对于将来生活的恐慌的自警的态度默应着。把这等话的心理解剖起来，里面含着这样的几个要素：（一）上海确是文明地，冠盖之区，要路津。（二）少年应当策高足，先据这要路津。（三）这就是吾人应走的前途。所谓闭门造车，也是具有这样的内容的话。怀着这样的思想的人，是因袭的奴隶，是因袭的维持者。

闭门造车，是指说不符合门外的轨道的大小，造了不能在门外的轨道上运行的车。行车一定要在已成的轨道上吗？这已成的轨道确是引导我们走正路的吗？有了车不能造轨道的吗？在这“闭门造车”一句话里，分明表示着人们的依赖、因袭，和创造力多么薄弱。

不造则已，如果要造车，一定非闭门造不可。如果依照已成的轨道而造，所造出的车子和以前已有的车子一样，就在已成的轨道上随波逐流地去了。即使已有的车子是好的，已成的轨道是正的，造车的效力也不过加多了车，不是造车的进步。何况已有的车子或者不好，已成的轨道或者不正呢。

“好久不到都会了，好久不看报了，退步了。”这样说的人也有。实在，进步是前进的意思，进步越快，离社会越远，离社会越远，进步越深（这是厨川白村说的）。子路说道：“吾过矣，吾离群而索居，亦已久矣。”这便是子路所以为子路。

“山水间生活，有利亦有弊”，这大概是指清静、空气新鲜、生活程度低等是利。需要不便、寂寞、闭门造车等是弊。这是要计较两方的利弊长短而取舍的意思。这话的内容和“新思想并不恶、时势变更了不得已而然的。但从前的习惯一概不好，也不能说”的话同是乡愿的话。

这话的变形，就是“凡物都有明暗两方面的”。这话固然不错。但我觉得明暗是一体的。非但如此，明是因为有暗而益明的。仿佛绘画，明调子因暗调子而益美，暗调子因明调子而也美了。断不是明面好，暗面不好。如果取明而弃暗，就是罗斯金所谓：“自然像日光和阴影相交一般混合着优劣两种要素，使双方相互地供给效用和势力的。所以除去阴影的画家，定要在他自己造出来的无荫的沙漠里烧死！”

爱一物，是兼爱它的阴暗两方面。否，没有暗的明是不明的，是不可爱的。我往往觉得山水间的生活，因为需要不便而菜根更香，豆腐更肥。因为寂寥而邻人更亲。

且勿论都会的生活与山水间的生活孰优孰劣，孰利孰弊。人生随处皆不满，欲图解脱，唯于艺术中求之。

敬礼

像吃药一般喝了一大碗早已吃厌的牛奶，又吞了一把围棋子似的、洋纽扣似的肺病特效药。早上的麻烦已经对付过去。儿女都出门去办公或上课了，太太上街去了，劳动大姐在不知什么地方，屋子里很静。我独自关进书房里，坐在书桌面前。这是一天精神最好的时光。这是正好潜心工作的时光。

今天要译的一段原文，文章极好，译法甚难。但是昨天晚上预先看过，躺在床里预先计划过句子的构造，所以今天的工作并不很难，只要推敲各句里面的字眼，就可以使它变成中文。

译文告一段落，我放下自来水笔，坐在椅子里伸一伸腰，眼梢头觉得桌子上右手所靠的地方有一件小东西在那里蠢动。仔细一看，原来是一个受了伤的蚂蚁：它的脚已经不会走路，然而躯干无伤，有时翘起头来，有时翻转肚子来，有时鼓动着受伤的脚，企图爬走，然后一步一蹶，终于倒下来，全身乱抖，仿佛在绝望中挣扎。啊，这一定是我闯的祸！我热衷于工作的时候，没有顾到右臂底下的蚂蚁。我写完了一行字，迅速地把笔移向第二行上端的时候，手臂像汽车一样突进，然而桌子上没有红绿灯和横道线，因此就把这蚂蚁碾伤了。它没有拉我去吃警察官司，然而我很对不起它，又没有办法送它进医院去救治，奈何，奈何！

然而反复一想，这不能完全怪我。谁教它走到我的工场里来，被机器碾伤呢？它应该怪它自己，我恕不负责。不过，一个不死不活的生物躺在我眼睛面前，心情实在非常不快。我想起了昨天所译的一段文章："假定有百苦交加而不得其死的人；在没有生的价值的本人自不必说，在旁边看护他的亲人恐怕也会觉得杀了他反而慈悲吧。"（见夏目漱石著《旅宿》）我想：我伸出一根手指去，把这百苦交加而不得其死的蚂蚁一下子捻死，让它脱了苦，不是慈悲吗？然而我又想起了某医生的话：延长寿命，是医生的天职。

又想起故乡的一句俗话："好死勿抵恶活。"我就不肯行此慈悲。况且，这蚂蚁虽然受伤，还在顽强地挣扎，足见它只是局部残废，全体的生活力还很旺盛，用指头去捻死它，怎么使得下手呢？犹豫不决，耽搁了我的工作。最后决定：我只当不见，只当没有这回事。我把稿纸移向左些，管自继续做我的翻译工作。让这个自作孽的蚂蚁在我的桌子上挣扎，不关我事。

翻译工作到底重大，一个蚂蚁的性命到底藐小；我重新热衷于工作之后，竟把这事件完全忘记了。我用心推敲，频频涂改，仔细地查字典。忙了一大阵之后，工作又告一段落，又是放下自来水笔，坐在椅子里伸一伸腰。眼梢头又觉得桌子右角上离开我两尺光景的地方有一件小东西在那里蠢动。望去似乎比蚂蚁大些，并且正在慢慢地不断地移动，移向桌子所靠着的窗下的墙壁方面去。我凑近去仔细察看。啊哟，不看则已，看了大吃一惊！原来是两个蚂蚁，一个就是那受伤者，另一个是救伤者，正在衔住了受伤者的身体而用力把他拖向墙壁方面去。然而这救伤者的身体不比受伤者大，他衔着和自己同样大小的一个受伤者而跑路，显然很吃力，所以常常停下来休息。有时衔住了他的肩部而走路，走了几步停下来，回过身去衔住了他的一只脚而走路；走了几步又停下来，衔住了另一只脚而继续前进。停下来的时候，两人碰一碰头，仿佛谈几句话。也许是受伤者告诉他这只脚痛，要他衔另一只脚；也许是救伤者问他伤势如何，拖得动否。受伤者有一两只脚伤势不重，还能在桌上支撑着前进，显然是体谅救伤者太吃力，所以勉力自动，以求减轻他的负担。因为这样艰难，所以他们进行的速度很缓，直到现在还离开墙壁半尺之远。这个救伤者以前我并没有看到。想来是埋头于翻译的期间，他跑出来找寻同伴，发现这个同伴受了伤躺在桌子上，就不惜劳力，不辞艰苦，不顾冒险，拼命地扶他回家去疗养。这样渺小的动物，而有这样深挚的友爱之情、这样慷慨的牺牲精神、这样伟大的互助精神，真使我大吃一惊！同时想起了我刚才看不起他，想捻死他，不理睬他，又觉得非常抱歉，非常惭愧！

鲁迅先生曾经看见一个黄包车夫的身体大起来。我现在也如此：忽然看见桌子角上这两个蚂蚁大起来，大起来，大得同山一样，终于充塞于天地之间，高不可仰了。同时又觉得我自己的身体小起来，小起来，终于小得同蚂蚁一样了。我站起身来，向着这两个蚂蚁立正，举起右手，行一个敬礼。

杭州写生

我的老家在离杭州约一百里的地方，然而我少年时代就到杭州读书，中年时代又在杭州做“寓公”，因此杭州可说是我的第二故乡。

我从青年时代起就爱画画，特别喜欢画人物，画的时候一定要写生，写生的大部分是杭州的人物。我常常带了速写簿到湖滨去坐茶馆，一定要坐在靠窗的栏杆边，这才可以看了马路上的人物而写生。湖山喜雨台最常去，因为楼低路广，望到马路上同平视差不多。西园少去，因为楼高路狭，望下来看见的有些鸟瞰形，不宜于写生。茶楼上写生的主要好处，就是被写的人不得知，因而姿态很自然，可以入画。马路上的人，谁仰起头来看我呢？

为什么喜欢在茶馆楼上画呢？因为在路上画有种种不便：第一，被画的人看见我画他，他就戒备，姿态就不自然。如果其人是开通的，他就整一下衣服，装一个姿势，好像坐在照相馆里的镜头面前一样。那时画出来就像一尊菩萨，不是我所需要的画材。画好之后他还要走过来看，看见寥寥数笔就表示不满，仿佛损害了他的体面。如果其人是不开通的，看见我画他，他简直表示反对，或竟逃脱。因为那时（四五十年前）有一种迷信，说拍照伤人元气，使人倒霉。写生与拍照相似，也是这些顽固而愚昧的人所嫌忌的。当时我有一个画同志，到乡下去写生，据说曾经被夺去速写簿，并且赶出村子外，差一点儿没有被打。我没有碰到这种情况，然而类乎此的常常碰到。有一次我看见一老妇和一少妇坐在湖滨，姿态甚好，立刻摸出速写簿来写生。岂知被老妇瞥见，她一把拉住少妇就跑，同时嘴里喃喃地骂。少妇临去向我白一眼，并且“呸”的吐一口唾沫，仿佛我“调戏”了她。诸如此类……

第二种不方便，是在地上写生时，往往有许多闲人围着我看画。起初一二个人，后来越聚越多，同看戏法一样。而这些人有时也竟把我当作变戏法：有的站在我面前，挡住视线；有的挤在我左右，碰我的手臂；有的评长说短，向我提意见；有的小孩子大叫“看画菩萨头！”（他们称画人物为画菩萨头。）这些时候我往往没有画完就走，因为被画的人，看见一堆人吵吵闹闹，他也跑过来看了！我走了，还有几个小孩子或闲人跟着我走，希望我再“表演”，简直同看戏法一样。

为了有这种种不方便，所以我那时最喜欢在茶楼上写生。延龄大马路上车水马龙，行人如织，都是很好的写生模特儿！这是我青年时代的事。

最近，我很少写生。主要原因之一，是眼力差了，老花眼看近处必须戴眼镜，看远处必须除去眼镜。写生时必须远处看一眼，近处看一眼，这就使眼镜戴也不好，不戴也不好。有些老花眼镜是两用的，上面是平光，下面是老光。然而老光只有小小一部分，只能看一小块，不能看全面，而画画必须顾到纸张全面。这种眼镜只宜于写字，不宜于画画。因此，我老来很少写生了。一定要写，只有把眼镜搁在眼睛底下鼻孔上面，好像滑稽画中的老头子。但这很不舒服，并且要当心眼镜落地。

然而我最近到杭州游玩时，往往故态复萌，有时不免要摸出笔记簿子来画几笔。这一半是过去习惯所使然，好像一到杭州就“返老还童”了。

使我吃惊的，是解放后在人民的西湖上写生，和从前在旧西湖上写生情形显然不同，上述的两种不方便大大地减少了。被画的人知道这是“写生”，不讨厌我，女人决不吐唾沫。反之，他们有的肯迁就我，给我方便。有一次我坐在湖滨的石凳上，看见一个老舟子坐在船头上，姿态甚佳，我就对他写生。他悠然地看山水，似乎没有发觉我在画他。忽然一个女小孩子跑来，大叫一声“爷爷！”那老舟子并不向她回顾，却哼喝她：“不要叫我！他在画我！”原来他早已发觉我画他了。这固然是一个特殊的例子，然而一般地说，人都开通了。这在写生者是一大方便。

围着看的人当然也有，然而态度和从前不同了。大都知道这是“写生”，就不用看戏法的态度对待我了。大都肃静地站在我后面，低声地互相说话：“壁报上用的。”“上海去登报的。”（他们从我同游的人身上看得出我们是上海来的。）有时几个青年还用“观摩”的态度看我作画，低声地说“内行”的话；倘有小孩子吵闹，他们代我阻止，给我方便。这些青年大概也会作画。现在作画的不一定是美术学校学生，一般机关团体里都有画家，壁报上和黑板报上不是常常有很好的画出现吗？

由此可知解放后人民知识都增加了，思想都进步了，态度都变好了。在“写生”这一件小事情中，也可以分明地看出。

庐山面目

“咫尺愁风雨，匡庐不可登。只疑云雾里，犹有六朝僧。”——钱起。

这位唐朝诗人教我们“不可登”，我们没有听他的话，竟在两小时内乘汽车登上了匡庐。这两小时内气候由盛夏迅速进入了深秋。上汽车的时候九十五度，在汽车中先藏扇子，后添衣服，下汽车的时候不过七十几度了。赴第三招待所的汽车驶过正街闹市的时候，庐山给我的最初印象竟是桃源仙境：土地平旷，屋舍俨然；有茶馆、酒楼、百货之属；黄发垂髫，并怡然自乐。不过他们看见了我们没有“乃大惊”，因为上山避暑休养的人很多，招待所满坑满谷，好容易留两个房间给我们住。庐山避暑胜地，果然名不虚传。

这一天天气晴朗。凭窗远眺，但见近处古木参天，绿荫蔽日；远处岗峦起伏，白云出没。有时一带树林忽然不见，变成了一片云海；有时一片白云忽然消散，变成了许多楼台。正在凝望之间，一朵白云冉冉而来，钻进了我们的房间里。倘是幽人雅士，一定大开窗户，欢迎它进来共住；但我犹未免为俗人，连忙关窗谢客。我想，庐山真面目的不容易窥见，就为了这些白云在那里作怪。

庐山的名胜古迹很多，据说共有两百多处。但我们十天内游踪所到的地方，主要的就是小天池、花径、天桥、仙人洞、含鄱口、黄龙潭，乌龙潭等处而已。夏禹治水的时候曾经登大汉阳峰，周朝的匡俗曾经在这里隐居，晋朝的慧远法师曾经在东林寺门口种松树，王羲之曾经在归宗寺洗墨，陶渊明曾经在温泉附近的栗里村住家，李白曾经在五老峰下读书，白居易曾经在花径咏桃花，朱熹曾经在白鹿洞讲学，王阳明曾经在舍身岩散步，朱元璋和陈友谅曾经在天桥作战……古迹不可胜计。

然而凭吊也颇伤脑筋，况且我又不是诗人，这些古迹不能激发我的灵感，跑去访寻也是枉然，所以除

了乘便之外，大都没有专程拜访。有时我的太太跟着孩子们去寻幽探险了，我独自高卧在海拔一千五百公尺的山楼上看看庐山风景照片和导游之类的书，山光照槛，云树满窗，尘嚣绝迹，凉生枕簟，倒是真正的避暑。我看到天桥的照片，游兴发动起来，有一天就跟着孩子们去寻访。爬上断崖去的时候，一位挂着南京大学徽章的教授告诉我："上面路很难走，老先生不必去吧。天桥的那条石头大概已经跌落，就只是这么一个断崖。"我抬头一看，果然和照片中所见不同：照片上是两个断崖相对，右面的断崖上伸出一根大石条来，伸向左面的断崖，但是没有达到，相距数尺，仿佛一脚可以跨过似的。然而实景中并没有石条，只是相距若干丈的两个断崖，我们所登的便是左面的断崖。我想：这地方叫作天桥，大概那根石条就是桥，如今桥已经跌落了。我们在断崖上坐看云起，卧听鸟鸣，又拍了几张照片，逍遥地步行回寓。晚餐的时候，我向管理局的同志探问这座桥何时跌落，他回答我说，本来没有桥，那照相是从某角度望去所见的光景。啊，我恍然大悟了：那位南京大学教授和我谈话的地方，即离开左面的断崖数十丈的地方，我的确看到有一根不很大的石条伸出在空中，照相镜头放在石条附近适当的地方，透视法就把石条和断崖之间的距离取消，拍下来的就是我所欣赏的照片。我略感不快，仿佛上了资本主义社会的商业广告的当。然而就照相术而论，我不能说它虚伪，只是“太”巧妙了些。天桥这个名字也古怪，没有桥为什么叫天桥？

含鄱口左望扬子江，右瞰鄱阳湖，天下壮观，不可不看。有一天我们果然爬上了最高峰的亭子里。然而白云作怪，密密层层地遮盖了江和湖，不肯给我们看。我们在亭子里吃茶，等候了好久，白云始终不散，望下去白茫茫的，一无所见。这时候有一个人手里拿一把芭蕉扇，走进亭子来。他听见我们五个人讲土白，就和我招呼，说是同乡。原来他是湖州人，我们石门湾靠近湖州边界，语音相似。我们就用土白同他谈起天来。土白实在痛快，个个字入木三分，极细致的思想感情也充分表达得出。这位湖州客也实在不俗，句句话都动听。他说他住在上海，到汉口去望儿子，归途在九江上岸，乘便一游庐山。我问他为什么带芭蕉扇，他回答说，这东西妙用无穷：热的时候扇风，太阳大的时候遮阴，下雨的时候代伞，休息的时候当坐垫，这好比济公活佛的芭蕉扇。因此后来我们谈起他的时候就称他为济公活佛。互相叙述游览经过的时候，他说他昨天上午才上山，知道正街上的馆子规定时间卖饭票，他就在十一点钟先买了饭票，然后买一瓶酒，跑到小天池，在革命烈士墓前奠了酒，浏览了一番，然后拿了酒瓶回到馆子里来吃午饭，这顿午饭吃得真开心。这番话我也听得真开心。白云只管把扬子江和鄱阳湖封锁，死不肯给我们看。时候不早，汽车在山下等候，我们只得别了济公活佛回招待所去。此后济公活佛就变成了我们的谈话资料。姓名地址都没有问，再见的希望绝少，我们已经把他当作小说里的人物看待了。谁知天地之间事有凑巧：几天之后我们下山，在九江的浔庐餐厅吃饭的时候，济公活佛忽然又拿着芭蕉扇出现了。原来他也在九江候船返沪。我们又互相叙述别后游览经过。此公单枪匹马，深入不毛，所到的地方比我们多。我只记得他说有一次独自走到一个古塔的顶上，那里面跳出一只黄鼠狼来，他打湖州白说："渠被吾吓了一吓，吾也被渠吓了一吓！"我觉得这简直是诗，不过没有叶韵。宋杨万里诗云："意行偶到无人处，惊起山禽我亦惊。"岂不就是这种体验吗？现在有些白话诗不讲叶韵，就把白话写成每句一行，一个"但"字占一行，一个"不"字也占一行，内容不知道说些什么，我真不懂。这时候我想：倘能说得像我们的济公活佛那样富有诗趣，不叶韵倒也没有什么。

在九江的浔庐餐厅吃饭，似乎同在上海差不多。山上的吃饭情况就不同：我们住的第三招待所离开正街有三四里路，四周毫无供给，吃饭势必包在招待所里。价钱很便宜，饭菜也很丰富。只是听凭配给，不能点菜，而且吃饭时间限定。原来这不是菜馆，是一个膳堂，仿佛学校的饭厅。我有四十年不过饭厅生活了，颇有返老还童之感。跑三四里路，正街上有一所菜馆。然而这菜馆也限定时间，而且供应量有限，若非趁早买票，难免枵腹游山。我们在轮船里的时候，吃饭分五六班，每班限定二十分钟，必须预先买票。膳厅里写明请勿喝酒。有一个乘客说："吃饭是一件任务。”我想：轮船里地方小，人多，倒也难怪；山上游览之区，饮食一定便当。岂知山上的菜馆不见得比轮船里好些。我很希望下年这种办法加以改善。为什么呢，这到底是游览之区！并不是学校或学习班！人们长年劳动，难得游山玩水，游兴好的时候难免把吃饭延迟些，跑得肚饥的时候难免想吃些点心。名胜之区的饮食供应倘能满足游客的愿望，使大家能够畅游，岂不是美上加美呢？然而庐山给我的总是好感，在饮食方面也有好感：青岛啤酒开瓶的时候，白沫四散喷射，飞溅到几尺之外。我想，我在上海一向喝光明啤酒，原来青岛啤酒气足得多。回家赶快去买青岛啤酒，岂知开出来同光明啤酒一样，并无白沫飞溅。啊，原来是海拔一千五百公尺的气压的关系！庐山上的啤酒真好！

我的母亲

中国文化馆要我写一篇《我的母亲》，并寄我母亲的照片一张。照片我有一张四寸的肖像，一向挂在我的书桌的对面。已有放大的挂在堂上，这一张小的不妨送人。但是《我的母亲》一文从何处说起呢？看看母亲的肖像，想起了母亲的坐姿。母亲生前没有摄取坐像的照片，但这姿态清楚地摄入在我脑海中的底片上，不过没有晒出。现在就用笔墨代替显影液和定影液，把我母亲的坐像晒出来吧：

我的母亲坐在我家老屋的西北角里的八仙椅子上，眼睛里发出严肃的光辉，口角上表出慈爱的笑容。

老屋的西北角里的八仙椅子，是母亲的老位子。从我小时候直到她逝世前数月，母亲空下来总是坐在这把椅子上，这是很不舒服的一个座位：我家的老屋是一所三开间的楼厅，右边是我的堂兄家，左边一间是我的堂叔家，中央一间是我家。但是没有板壁隔开，只拿在左右的两排八仙椅子当作三份人家的界线。所以母亲坐的椅子，背后凌空。若是沙发椅子，三面有柔软的厚壁，凌空原无妨碍。但我家的八仙椅子是木造的，坐板和靠背成九十度角，靠背只是疏疏的几根木条，其高只及人的肩膀。母亲坐着没处搁头，很不安稳。母亲又防椅子的脚摆在泥土上要霉烂，用二三寸高的木座子衬在椅子脚下，因此这只八仙椅子特别高，母亲坐上去两脚须得挂空，很不便利。所谓西北角，就是左边最里面的一只椅子。这椅子的里面就是通过退堂的门。退堂里就是灶间。母亲坐在椅子上向里面顾，可以看见灶头。风从里面吹出的时候，烟灰和油气都吹在母亲身上，很不卫生。堂前隔着三四尺阔的一条天井便是墙门。墙外面便是我们的染坊店。母亲坐在椅子里向外面望，可以看见杂沓往来的顾客，听到沸翻盈天的市井声，很不清静。但我的母亲一向坐在我家老屋西北角里的这样不安稳、不便利、不卫生、不清静的一只八仙椅子上，眼睛发出严肃的光辉，口角上表出慈爱的笑容。母亲为什么老是坐在这样不舒服的椅子里呢？因为这位子在我家中最为冲要。母亲坐在这位子里可以顾到灶上，又可以顾到店里。母亲为要兼顾内外，便顾不到座位的安稳不安稳，便利不便利，卫生不卫生，和清静不清静了。

我四岁时，父亲中了举人，同年祖母逝世，父亲丁艰在家，郁郁不乐，以诗酒自娱，不管家事，丁艰终而科举废，父亲就从此隐遁。这期间家事店事，内外都归母亲一人兼理。我从书堂出来，照例走向坐在西北角里的椅子上的母亲的身边，向她讨点东西吃吃。母亲口角上表出亲爱的笑容，伸手除下挂在椅子头顶的“饿杀猫篮”（一种用细篾制、四周有孔的有盖竹篮，菜碗放此篮中，猫吃不到），拿起饼饵给我吃；同时眼睛里发出严肃的光辉，给我几句勉励。

我九岁的时候，父亲遗下了母亲和我们姐弟六人，薄田数亩和染坊店一间而逝世。我家内外一切责任全部归母亲负担。此后她坐在那椅子上的时间愈加多了。工人们常来坐在里面的凳子上，同母亲谈家事；店伙们常来坐在外面的椅子上，同母亲谈店事；

父亲的朋友和亲戚邻人常来坐在对面的椅子上，同母亲交涉或应酬。我从学堂里放假回家，又照例走向西北角里的椅子边，同母亲讨个铜板。有时这四班人同时来到，使得母亲招架不住，于是她用了眼睛的严肃的光辉来命令，警戒，或交涉；同时又用了口角上的慈爱的笑容来劝勉，抚爱，或应酬。当时的我看惯了这种光景，以为母亲是天生成坐在这只椅子上的，而且天生成有四班人向她缠绕不清的。

我十七岁离开母亲，到远方求学。临行的时候，母亲眼睛里发出严肃的光辉，告诫我待人接物求学立身的大道；口角上表出慈爱的笑容，关照我起居饮食一切的细事。她给我准备学费，她给我置备行李，她给我制一罐猪油炒米粉，放在我的网篮里；她给我做一个小线板，上面插两只引线放在我的箱子里，然后送我出门。放假归来的时候，我一进店门，就望见母亲坐在西北角里的八仙椅子上。她欢迎我归家，口角上表出慈爱的笑容，她探问我的学业，眼睛里发出严肃的光辉。晚上她亲自上灶，烧些我所爱吃的菜蔬给我吃，灯下她详询我的学校生活，加以勉励，教训，或责备。

我廿二岁毕业后，赴远方服务，不克依居母亲膝下，唯假期归省。每次归家，依然看见母亲坐在西北角里的椅子上，眼睛里发出严肃的光辉，口角上表现出慈爱的笑容。她像贤主一般招待我，又像良师一般教训我。

我三十岁时，弃职归家，读书著述奉母。母亲还是每天坐在西北角里的八仙椅子上，眼睛里发出严肃的光辉，口角上表出慈爱的笑容。只是她的头发已由灰白渐渐转成银白了。

我三十三岁时，母亲逝世。我家老屋西北角里的八仙椅子上，从此不再有我母亲坐着了。然而我每逢看见这只椅子的时候，脑际一定浮出母亲的坐像——眼睛里发出严肃的光辉，口角上表出慈爱的笑容。她是我的母亲，同时又是我的父亲。她以一身任严父兼慈母之职而训诲我抚养我，我从呱呱坠地的时候直到三十三岁，不，直到现在。陶渊明诗云：“昔闻长者言，掩耳每不喜。”我也犯这个毛病；我曾经全部接受了母亲的慈爱，但不会全部接受她的训诲。所以现在我每次在想象中瞻望母亲的坐像，对于她口角上的慈爱的笑容觉得十分感谢，对于她眼睛里的严肃的光辉，觉得十分恐惧。这光辉每次给我以深刻的警惕和有力的勉励。

阿庆

我的故乡石门湾虽然是一个人口不满一万的小镇，但是附近村落甚多，每日上午，农民出街做买卖，非常热闹，两条大街上摩肩接踵，推一步走一步，真是一个商贾辐辏的市场。我家住在后河，是农民出入的大道之一。多数农民都是乘航船来的，只有卖柴的人，不便乘船，挑着一担柴步行入市。

卖柴，要称斤两，要找买主。农民自己不带秤，又不熟悉哪家要买柴。于是必须有一个“柴主人”。他肩上扛着一支大秤，给每担柴称好分量，然后介绍他去卖给哪一家。柴主人熟悉情况，知道哪家要硬柴，哪家要软柴，分配各得其所。卖得的钱，农民九五扣到手，其余百分之五是柴主人的佣钱。农民情愿九五扣到手，因为方便得多，他得了钱，就好扛着空扁担入市去买物或喝酒了。

我家一带的柴主人，名叫阿庆。此人姓什么，一向不传，人都叫他阿庆。阿庆是一个独身汉，住在大井头的一间小屋里，上午忙着称柴，所得佣钱，足够一人衣食，下午空下来，就拉胡琴。他不喝酒，不吸烟，唯一的嗜好是拉胡琴。他拉胡琴手法纯熟，各种京戏他都会拉。当时留声机还不普遍流行，就有一种人背一架有喇叭的留声机来卖唱，听一出戏，收几个钱。商店里的人下午空闲，出几个钱买些精神享乐，都不吝惜。这是不能独享的，许多人旁听，在出钱的人并无损失。阿庆便是旁听者之一。但他的旁听，不仅是享乐，竟是学习。他听了几遍之后，就会在胡琴上拉出来。足见他在音乐方面，天赋独厚。

夏天晚上，许多人坐在河沿上乘凉。皓月当空，万籁无声。阿庆就在此时大显身手。琴声婉转悠扬，引人入胜。浔阳江头的琵琶，恐怕不及阿庆的胡琴。因为琵琶是弹弦乐器，胡琴是摩擦弦乐器。摩擦弦乐器接近于肉声，容易动人。钢琴不及小提琴好听，就是为此。中国的胡琴，构造比小提琴简单得多。但阿庆演奏起来，效果不亚于小提琴，这完全是心灵手巧之故。有一个青年羡慕阿庆的演奏，请他教授。阿庆只能把内外两弦上的字眼——上尺工凡六五乙仕——教给他。此人按字眼拉奏乐曲，生硬乖异，不成腔调。他怪怨胡琴不好，拿阿庆的胡琴来拉奏，依旧不成腔调，只得废然而罢。记得西洋音乐史上有一段插话：有一个非常高明的小提琴家，在一只皮鞋底上装四根弦线，照样会奏出美妙的音乐。阿庆的胡琴并非特制，他的心手是特制的。

笔者曰：阿庆孑然一身，无家庭之乐。他的生活乐趣完全寄托在胡琴上。可见音乐感人之深，又可见精神生活有时可以代替物质生活。感悟佛法而出家为僧者，亦犹是也。

随笔漫画[1]

随笔的“随”和漫画的“漫”，这两个字下得真轻松。看了这两个字，似乎觉得作这种文章和画这种绘画全不费力，可以“随便”写出，可以“漫然”下笔。其实决不可能。就写稿而言，我根据过去四十年的经验，深知创作——包括随笔——都很伤脑筋，比翻译伤脑筋得多。倘使用操舟来比方写稿，则创作好比把舵，翻译好比划桨。把舵必须掌握方向，瞻前顾后，识近察远；必须熟悉路径，什么地方应该右转弯，什么地方应该左转弯，什么时候应该急进，什么时候应该缓行；必须谨防触礁，必须避免冲突。划桨就不须这样操心，只要有气力，依照把舵人所指定的方向一桨一桨地划，总会把船划到目的地。我写稿时

① 随笔漫画：本篇在1957年2月12日上海《文汇报》发表时，题为《呓语》，后由作者删去开头和结尾部分，改为此名。

常常感到这比喻的恰当：倘是创作，即使是随笔，我也得预先胸有成竹，然后可以动笔。详言之，须得先有一个“烟士比里纯”（英文inspiration的译音，意即灵感），然后考虑适于表达这“烟士比里纯”的材料，然后经营这些材料的布置，计划这篇文章的段落和起讫。这准备工作需要相当的时间。准备完成之后，方才可以动笔。动笔的时候提心吊胆，思前想后，脑筋里仿佛有一根线盘旋着。直到脱稿之后，直到推敲完毕之后，这根线方才从脑筋里取出。但倘是翻译，我不须这么操心：把原书读了一遍之后，就可动笔，逐句逐段逐节逐章地把外文改造为中文。考虑每句译法的时候不免也费脑筋。然而译成了一句，就可透一口气，不妨另外想些别的事情，然后继续处理第二句。其间只要顾到语气的连贯和畅达，却不必顾虑思想的进行。思想有作者负责，不须译者代劳。所以我做翻译工作的时候不怕旁边有人。我译成一句之后，不妨和旁人闲谈一下，作为休息，然后再译第二句。但创作的时候最怕旁边有人，最好关起门来，独自工作。因为这时候思想形成一根线索，最怕被人打断。一旦被打断了，以后必须苦苦地找寻断线的两端，重新把它们连接起来，方才可以继续工作。近来我少创作而多翻译，正是因为脑力不济而“避重就轻”。

这时候我想起了三十多年前的生活情况：屋子小，没有独立的书房。睡觉，吃饭，工作，同在一室。我坐在书桌旁边写稿，我的太太坐在食桌旁边做针线。我的写稿倘是翻译，我欢迎她坐在这里，工作告段落的时候可以同她闲谈一下，作为调剂。但倘是创作，我就讨厌她。因为她看见我搁笔不动，就用谈话来打断我的思想线索。但这也不能怪她，因为她不知道我写的是翻译还是创作；也许她还误认我的写稿工作同她的针线工作同一性状，可以边做边谈的。后来我就预先关照：“今天你不要睬我。”同时把理由说明：我们石门湾水乡地方，操舟的人有一句成语，叫作“停船三里路”。意思是说：船在河中行驶的时候，倘使中途停一下，必须花去走三里路的时间。因为将要停船的时候必须预先放缓速度，慢慢地停下来。停过之后再开的时候，起初必须慢慢地走，逐渐地快起来，然后恢复原来的速度。这期间就少走了三里路。

三里也许夸张一点，一两里是一定有的。我正在创作的时候你倘问我一句话，就好比叫正在行驶的船停一停，我得少写三行字。三行也许夸张一点，一两行是一定有的。我认为随笔不能随便写出，理由就如上述。

漫画同随笔一样，也不是可以“漫然”下笔的。我有一个脾气：希望一张画在看看之外又可以想想。我往往要求我的画兼有形象美和意义美。形象可以写生，意义却要找求。倘有机会看到了一种含有好意义的好形象，我便获得了一幅得意之作的题材。但是含有好意义的好形象不能常见，因此我的得意之作也不可多得。记得有一次，我在院子里闲步，偶然看见石灰脱落了的墙壁上的砖头缝里生出一枝小小的植物来，青青的茎弯弯地伸在空中，约有三四寸长，茎的头上顶着两瓣绿叶，鲜嫩袅娜，怪可爱的。我吃了一惊，同时如获至宝。因为这美丽的形象含有丰富深刻的意义，正是我作画的模特儿。用洋洋数万言来歌颂天地好生之德，远不及用寥寥数笔来画出这枝小植物来得动人。我就有了一幅得意之作，画题叫作“生机”。记得又有一次，我去访问一位当医生的朋友，走进他的书室，看见案上供着一瓶莲花，花瓶的样子很别致，仔细一看，原来是一尺来长的一个炮弹壳，我又吃一惊，同时又如获至宝。因为这别致的形象也含有丰富深刻的意义，也是我作画的模特儿。用慷慨激昂的演说来拥护和平，远不如默默地画出这瓶莲花来得动人。我又有了一幅得意之作，画题叫作“炮弹作花瓶……”我的找求画材大都如此。倘使我所看到的形象没有丰富深刻的意义，无论形状色彩何等美丽，我也懒得描写；即使描写了，也不是我的得意之作。实在，我的作画不是作画，而仍是作文，不过不用言语而用形象罢了。既然作画等于作文，那么漫画就等于随笔。随笔不能随便写出，漫画当然也不得漫然下笔了。